Er scheint zur Poesie Genie zu haben

Anekdoten über Friedrich Schiller

Gesammelt und aufgeschrieben
von Ingrid und Ulf Annel

In meinen Adern siedet etwas – ich möchte gern in dieser holperichten Welt einige Sprünge machen, von denen man erzählen soll.

Friedrich Schiller

Friedrich schillert

Kommt ein Tourist aus einer fernen Weltecke in unser schönes Thüringen, sucht er im überwiegenden Fall Spuren von – in alphabetischer Reihenfolge – Bach, Goethe, Luther und Schiller. *Dem Manne kann geholfen werden.* Selbst wenn man Musikus und Kirchenreformer und viele andere berühmte Persönlichkeiten beiseite lässt, kann die Frage »*Wie kommt mir solcher Glanz in meine Hütte?*« leicht beantwortet werden.

Die aus dem deutschsprachigen Ausland eingewanderten Goethe und Schiller folgten dem Ruf des Fürsten Carl August von Sachsen-Weimar-Eisenach, Oberhaupt eines Kleinstaates, wo geografische Enge mit geistiger Weite gekontert wurde. Freilich – *der brave Mann denkt an sich selbst zuletzt* – musste man auch an sein Auskommen denken, und der Fürst bot ein Einkommen. Und er hatte den Ruf »*Geben Sie Gedankenfreiheit!*« vernommen und der liberté eine nicht unbeträchtliche Liberalität eingeräumt. *Ich habe das Meinige getan,* wird er als Dritter im Goethe-Schiller-Bunde wohl gedacht und doppelt profitiert haben: Bildung aus erster Hand beziehungsweise aus den ersten Köpfen und weit nach außen strahlender Glanz geistiger Größen.

Der Mensch bedarf des Menschen sehr. Das betraf den Landes- wie auch die Dichterfürsten. Der Fürst hatte Goethe und Schiller. Aber: *Der kluge Mann baut vor.* Goethe war klug, hatte eine überbordende Selbstsicherheit und seinen Eckermann. Des Fürsten Taten wurden sowieso notiert. Nur Schiller kümmerte sich nicht so richtig um seinen vollständigen Nachruhm. *Dem Mimen flicht die Nachwelt keine Kränze.* Und dem Textdichter der Mimen? Dem Dramatiker Friedrich Schiller? Dem Menschen? *Auf ewig und in des Worts verwegenster Bedeutung.* Von wegen! Der Nachruhm verblasst, wie sich auch langsam, aber sicher das bürgerliche Bildungsideal ins Dunkel der Geschichte verabschiedet. *Mit der Dummheit kämpfen Götter selbst vergebens* – wirklich?

Der Mohr hat seine Schuldigkeit getan, der Mohr kann gehen ...

Donner und Doria! Das wäre aber ungerecht. Wie kaum ein anderer hat Friedrich Schiller das Denken und vor allem die Sprache der Deutschen geprägt. *Doch mit des Geschickes Mächten ist kein ew'ger Bund zu flechten.*

Und so steht er zwar in Metall gegossen *fest gemauert in der Erden* von Weimar, symbolisch in Augenhöhe mit Goethe (den er fast um Haupteslänge überragte), aber *es kann der Frömmste nicht in Frieden leben, wenn es* den bösen Werbeagenturen *nicht gefällt. Wehe, wenn sie losgelassen.* Die Werber gefielen sich nämlich mit der Idee, die Dichter zu verwursten, mit Würsten zu umkränzen zum Wohle Thüringens, wo es letztendlich immer um die »Wurscht« geht.

Ernst ist das Leben, heiter ist die Kunst. Da sollte man dem Friedrich mit Schiller widersprechen. Der hat ernste Kunst geschaffen und war im Leben trotz Geldnot, Krankheit und beschränkender Verhältnisse durchaus nicht der miesepetrige Pessimist. *Mein Geist war heiter,* schrieb er, selbst als er dem Tod ins Gesicht gesehen hatte.

Leben und leben lassen. Darum sollte es doch möglich sein, von Schiller Fröhliches oder gar Lustiges zu berichten, eben ein paar Anekdoten aufzuschreiben, um sie an das Gedächtnis der nächsten Generation weiterzuleiten.

Von der Stirne heiß rinnen muss der Schweiß. Eingedenk dieser Maxime lasen wir uns durch Schillers Leben zwischen Marbach und Weimar und merkten, alle Anekdoten sind schon erzählt – einschließlich einiger von erfindungsreichen Frechlingen. Was tun? *Soll das Werk den Meister loben,* muss auch ein Werkchen wie dieses Buch des Lobens wert sein. Bei allem anekdotischen Witz also korrekt, nachprüfbar. Gar nicht so leicht, so etwas so zu schreiben, wenn es allein von einer Anekdote – der vom Goethe-Schillerschen Gelächter beim Xenien-Dichten – vier Varianten gibt.

Leicht beieinander wohnen die Gedanken. Wir nahmen also das Leichte ernst und versuchten, das Schwere locker-luftig zu nehmen. Sollten uns dabei Ungenauigkeiten unterlaufen sein, möge man uns germanistisch verzeihen. *Es ist der Geist, der sich den Körper baut.* Doch sollte man auch in diesem Falle Schiller vertrauen: *Und der Lebende hat recht.*

Lest es und dann: *Legt's zu dem Übrigen.*

Überlebensfreude

Der Bäckersohn Johann Caspar Schiller wuchs mit sieben Geschwistern auf, verlor mit zehn Jahren seinen Vater, musste die Schule verlassen, um Geld zu erarbeiten. Schläge bekam er, wenn er heimlich Rechnen und Grammatik lernte. Er wurde trotzdem Wundarztgeselle, verdingte sich zeitweilig beim Militär, heiratete die Marbacher Wirtstochter Elisabeth Dorothea Kodweiß, borgte seinem Schwiegervater Geld für Spekulationsgeschäfte, ging nach Verlust des Geldes wieder zur Armee und wäre im Siebenjährigen Krieg beinahe in einem schlesischen Sumpf umgekommen. Nach alldem zeugte er einen Sohn.

Hausgeburt

Die schwangere Frau Schiller besuchte ihren Mann im Regimentsfeldlager bei Ludwigsburg. Die Wehen setzten ein. Ein Soldatenzelt als Geburtsort eines der bedeutendsten deutschen Dichter? Zum Glück war die Kutsche schnell genug, die Hochschwangere schaffte den Weg zurück nach Marbach, wo am 10. November 1759 in der Niklasthorgasse Johann Christoph Friedrich Schiller geboren wurde. Genannt Fritz. Auf Schwäbisch: 's Fritzle.

Gott sei Dank!

Als den jungen Vater im Feld die Nachricht von der Geburt seines Sohnes erreichte, bat er das »Wesen aller Wesen«, er möge dem Jungen an Geistesstärke zulegen, was er selbst aus Mangel an Unterricht nicht erreichen konnte.

Sehr viel später stellte er dankbar fest: »... und Du hast mich erhört. Dank Dir, gütigstes Wesen, dass Du die Bitten der Sterblichen achtest!«

Sprach-Gewalt

Als die Familie nach Lorch übergesiedelt war, schickte der Vater den erst fünfjährigen Sohn in die Dorfschule, wo Friedrich mit über hundert anderen Kindern in einem Raum dem Unterricht eines knurrigen alten Schulmeisters ausgeliefert war. Doch was er dort lernte, genügte dem Vater nicht. Er bestand darauf, dass Friedrich zusätzlich beim Dorfpfarrer Moser privat unterrichtet wurde. Mit sechs Jahren lernte er Latein, mit sieben ein wenig Griechisch.

Sowohl die gütige, väterliche Art als auch die rhetorisch ausgefeilten Predigten Mosers hinterließen tiefe Spuren im jungen Schiller.

Im Erstlings-Drama »Die Räuber« tritt dem Schurken Franz Moor ein sprachgewaltiger Kirchenmann entgegen: Pfarrer Moser.

Eingeschnappt

Friedrich ging gern zur Kirche. Die Predigten Mosers beeindruckten ihn derart, dass er schon als Kind beschloss, später auch Pfarrer zu werden. Manchmal ließ er sich von seiner älteren Schwester eine schwarze Schürze wie einen Kirchenrock umhängen, bestieg einen Stuhl, um von dieser Kanzel aus zu predigen. Wenn er sich dabei nicht genügend beachtet fühlte, lief er davon und versteckte sich.

Auf Entzug

Im Hause Schiller wurde jeden Morgen und jeden Abend Andacht gehalten, streng überwacht vom Vater, der zu diesem Zwecke eigene Gebete verfasste. Um sich Gottes würdig zu erweisen, predigte er, müsse man auf die Genüsse des Lebens verzichten können. Zuweilen stand er während des Essens, wenn es gerade am besten schmeckte, plötzlich auf und verließ den Tisch. Der hungrige Friedrich und der Rest der Familie mussten seinem Beispiel folgen.

Vom Weg abgekommen

Schillers Schwester erzählte: Der kleine Schiller ging gern zur Schule und versäumte ohne Ursache eigentlich keine Stunde. Der Schulweg verlief durch das Haus der Nachbarin. Einmal rief die ihn in die Küche, weil sie sein Lieblingsgericht – Brei von türkischem Weizen – gekocht hatte. Friedrich langte freudig zu, als sein Vater hereinkam. Mit einem entsetzlichen Jammergeschrei verließ er seinen Brei, eilte nach Hause, bat die Mutter inständig, sie möge ihn doch bestrafen, ehe der Vater nach Hause käme, und brachte ihr selbst den Stock. Die Mutter wusste nicht, was das alles bedeuten sollte, denn er konnte vor Jammer kein Wort herausbringen, bestrafte ihn jedoch mütterlich.

Farben-Lehre

In Ludwigsburg besuchte Friedrich die Lateinschule. Sieben Stunden täglich wurde gepaukt, auswendig gelernt und nahezu ausschließlich die Bibel gelesen. Wenn das Wissen zu langsam den Weg in die Köpfe der Knaben fand, wurde mit Schlägen nachgeholfen. Und zu Hause musste Friedrich mit weiteren Schlägen des Vaters rechnen, wenn er nicht genügend lernte. Später nannte man diese Lehrmethode »schwarze Pädagogik«. Die Kinder wurden dabei – verbläut.

Fluchender Milchbart

Lehrer Honold – gleichermaßen fromm wie dumm und dem Prügelstock zugetan – prüfte Schiller und seinen Mitschüler Elwert auf den Katechismus. Nur völlige Fehlerfreiheit schützte vor schmerzhaften Hieben. Die beiden schafften es und erhielten je zwei Kreuzer Belohung, die sie in Magenfüllendes umsetzen wollten. Im Hartenecker »Schlössle« bekamen sie die gewünschte kalte Milch nicht, auch nicht in drei Neckarweihinger Gasthäusern. Erst im vierten gab es einen silbernen Löffel und eine reinliche zinnerne Schüssel mit Milch und Brot zum Einbrocken dazu. Ein Kreuzer blieb übrig, für den sie in der Ludwigsburger Allee ein Brötchen und Johannisbeeren erstanden. Alles wurde brüderlich geteilt. Elwert schrieb später, nie wieder habe er ein so köstliches Mahl gehabt.

Auf dem Heimweg stieg Schiller auf einen Hügel, von dem aus Harteneck und Neckarweihingen zu sehen waren, hielt auf das eine Wirtshaus eine Lobrede voller poetischer Emphase – und verfluchte laut die gastunfreundlichen Kneipen.

Zu aufmüpfig

Im Alter von 13 Jahren schrieb Schiller ein Gedicht, das nicht überliefert ist, aber die dazugehörende Geschichte. Die Mutter hatte ihrem Sohn eine Strafpredigt gehalten. Schiller verfasste in Rage eine lyrische Erwiderung. Der Vater las und soll sehr laut reagiert haben: »Bist du närrisch geworden, Fritz?!«

Zu folgsam

Einmal wurde Friedrich von einem Lehrer aus einem Missverständnis heraus grün und blau geschlagen. Als der Lehrer seinen Irrtum bemerkte, ging er zu Vater Schiller, um sich zu entschuldigen. Der Vater wusste nichts von diesem Vorfall und befragte deshalb seinen Sohn. Der sagte, er hätte gedacht, der Lehrer meinte es doch gut.

Buchstabenspieler

Eine Zeit lang wohnten Schillers in einem Haus, in dem der Verleger Cotta seine Buchdruckerei etabliert hatte. Cottas Setzer war der Erste seiner Zunft, dem Schiller Arbeit bereitete – er musste die von Friedrich chaotisch durcheinandergebrachten Bleilettern wieder in den Setzkasten sortieren.

Toller Akteur

Seine ersten Besuche im Theater waren für den kleinen Friedrich geradezu ein Kulturschock. Aus kleinstädtisch-bürgerlicher Einfachheit kommend, wurde er plötzlich in eine Märchenwelt versetzt. Diese Welt beeindruckte ihn tief, er registrierte alles genau und spielte es zu Hause in selbstgebastelten Papiertheatern nach. Das genügte ihm bald nicht mehr. Er verpflichtete Geschwister und Schulfreunde zum Mitspielen im Garten und teilte die Rollen zu. Er selbst spielte auch mit, aber so ekstatisch übertrieben, dass er alles verdarb.

Freigiebig

Schiller junior brachte seine sparsamen Eltern oft in geldliche Verlegenheiten, weil er gern ärmeren Kindern etwas schenkte. So lief er beispielsweise mit Schnürbändern an den Schuhen herum, wo vorher Schnallen waren. Schiller senior verteilte Verweise und Strafen, aber der Junior verschenkte sogar seine Schulbücher, die dann wieder neu angeschafft werden mussten.

Vaterländle

Erzogen vom leiblichen Vater, ergeben dem himmlischen Vater, musste sich Schiller dem Willen eines dritten Vaters beugen: Landesvater Carl Eugen hatte ihn als hoffnungsvollen Kandidaten für seine militärische Pflanzschule ausgewählt, in der er sich seine künftigen Landesdiener heranzog.

Zweimal konnte Vater Schiller sich dem Ansinnen des Herzogs widersetzen.

Die dritte Aufforderung jedoch war dem Vater Befehl. Auf seinen neuerlich vorgebrachten Einwand, Friedrich solle seiner Neigung gemäß Geistlicher werden, weil er so dem Vaterland am besten dienen könne, entgegnete Carl Eugen: »Was, Vaterland? Ich bin das Vaterland!«

Eleve Nr. 447

Am 16. Januar 1773 hatte sich Friedrich auf der herzoglichen Militär-Pflanzschule – später Hohe Karlsschule – bei Stuttgart einzufinden. Dreieinhalb Stunden Fußmarsch durch Eiseskälte. Die Aufnahmeuntersuchung ergab, seine Leibesbeschaffenheit sei »mit einem ausgebrochenen Kopf und etwas verfrörten Füßen behaftet, sonst aber gesund«.

»Specification derjenigen Montirungsstückchen, welche der Elev Schiller mitgebracht: 1 blaues Röcklein nebst Cammisol ohne Ärmel, 1 Paar Hosen, 2 Manchethemder, 1 Unterhemd, 4 Paar leinene Strümpf, 1 Paar Schuh, 1 Paar Stiefel, 1 Ord. Hut, Geld 43 Kreuzer und 15 Stück unterschiedlich lateinische Bücher.«

Der Dichter Schubart hatte die Schule als »Sklavenplantage« bezeichnet und saß wegen dieser und anderer Äußerungen in Festungshaft. Der wortgewandte und wahrheitsliebende Schiller lernte auf seiner neuen Schule als Erstes – Schweigen.

Herzogliche Weis(s)ung

Die Militär-Akademie war ein Gefängnis. Es gab keine Schulferien, Briefe wurden durchschnüffelt, elterliche Besuche waren unerwünscht. Jede Minute des Tages lief nach starrem Reglement ab, im exakten Gleichmaß: das Gebet vorm Essen, das Eintauchen der Löffel in die Suppe, das Aufstehen vom

Tisch. Nach dem Vormittags-Unterricht mussten die Jungen in ihrer Paradeuniform vorm Herzog zur Musterung antreten: blaue Jacke, weiße Weste und Hose, Degen, Dreispitz. Alles hatte perfekt zu sitzen.

Im Schuletat war Geld für 40 Zentner Puder vorgesehen. Obwohl das Pudern der Haare ein Adelsprivileg war, befahl der Herzog dem Bürgersohn Schiller, sich ebenfalls reichlich davon aufs Haupt zu stäuben. Rote Haare waren ihm ein rotes Tuch.

Vorgeknöpft

In der Karlsschule galten strenge, manchmal schwer nachzuvollziehende Kleidungsvorschriften. So mussten werktags vier Westenknöpfe geschlossen werden, an Sonntagen nur drei. Eines Sonntags erschien Schiller – die Weste vierfach zugeknöpft. Als er deswegen gerügt wurde, sagte er mit gespieltem Erstaunen: »Mir ischt einer zu'sprunge!«

Knöllchen

Herzog Carl Eugen verpflichtete die Schüler, sich gegenseitig zu bespitzeln. Nichts weiter als Lernkontrolle sei die angewiesene Petzerei. In die Türen der Lehranstalt hatte er Löcher bohren lassen, zu jeder Tages- und Nachtzeit mussten seine »Söhne« damit rechnen, bei irgendeinem Vergehen erwischt zu werden. Die Lehrer und Aufseher waren dazu angehalten, Strafzettel zu verteilen. Diese mussten die Schüler bei ihrer täglichen Musterung im Knopfloch tragen. Der Herzog las sie und erwog die passende Strafe: Stockschläge, Arrest, Essenentzug. Oder Ohrfeigen an Ort und Stelle von Durchlaucht persönlich.

Zu dumm gestellt

Dem 15-jährigen Friedrich war das Ausspionieren seiner Mitschüler zunächst nicht angenehm. Die schriftlichen Berichte schon gar nicht. Darum schrieb er an Schulchef und Landesvater Carl Eugen: »Durchlauchtigster Herzog, Gnädigster Herzog und Herr! Wann uns der ausdrückliche Befehl zu einer Unternehmung, deren Folgen wichtig genug sind, das Glück oder Unglück meiner Freunde zu veranlassen, nicht verbände, so würden wir, weit entfernt, den weisesten Endzweck unsers Durchleuchtigsten zu erreichen, ... verstummen müssen.« Er sei viel zu unwissend, sich selbst zu kennen, wie solle er da seine Freunde beurteilen. Sein wortreiches Winden half – nichts.

IM Schiller

Obwohl er übereifrige Berichterstatter »Ohrenbläser« nannte, war er selbst in seinen Beurteilungen über Mitschüler zuweilen nicht zimperlich. Über einen schrieb er, dass er am meisten wider die Pflichten der Freundschaft sündige. Für Schiller, der Freundschaft über alles stellte, war dies ein schweres Verbrechen. »Wie leicht kann derjenige, der in seiner Jugend falsch ist, im Alter ein Verräter werden.« Der so Beschriebene war voller Verachtung gegenüber seinem Einschätzer, der freudig notierte: »Doch welches Glück ist größer, als von Lasterhaften gehasst, beneidet und verachtet zu werden?«

Angeschmiert

In den Berichten über Schiller liest man von seiner Lebhaftigkeit, Umgänglichkeit und Aufrichtigkeit. Er habe ein gutes Herz, sei gewiss ein wahrer Christ, aber nicht gar reinlich. Ein Schulaufseher beschimpfte ihn als »Schweinpelz«.

Prophet Eisenberg

Schillers Freund Friedrich Philipp Eisenberg vermerkte noch, Schiller sei voll natürlichem Witz, immer fröhlich und im Unglück nicht niedergeschlagen. Und: »Er scheint zur Poesie Genie zu haben.«

Göttlicher Genuss

Die strenge Zucht provozierte die Knaben zu vielfältigem Widerstand. Während der Vorlesung eines sehr kurzsichtigen Lehrers schlüpfte ein Karlsschüler zum Fenster hinaus und – beladen mit Hefezöpfen und Knackwürsten – wieder hinein. Ein heimliches Verputzen der Köstlichkeiten begann.

Schiller nannte den mutigen Mitschüler fortan nur noch »Der Allmächtige«.

Ironische Übertreibung?

Im Auftrag des Herzogs Carl Eugen schrieb Schiller für dessen Mätresse eine Namenstagsode. »Empfindungen der Dankbarkeit« hieß dieses Vielstrophengedicht voller Schwulst, das Franziska von Hohenheim als tugendsame Trostspenderin, Bemutterer der Armen, Aufheiterin der Düsteren und Verscheucherin des Todes feierte.

Der jugendliche Autor hatte überschwänglich den weiblichen Lichtblick in seiner Männerwelt besungen.

Nachtaktiv

Ansonsten war schriftstellerische Tätigkeit jeder Art strengstens verboten. Da Schiller gern nachts schrieb, dazu aber Licht brauchte, ließ er sich oft ins Krankenzimmer einweisen, wo in den Nachtstunden eine Kerze brennen durfte. So sollen große Teile der »Räuber« entstanden sein. Bei plötzlichen Kontrollen bedeckte Schiller die frischen Zeilen seines Gesetzesbrecher-Dramas mit einem Schulbuch und »lernte« fleißig.

Der Beste

Einmal dichtete Friedrich mit einem Mitschüler um die Wette. Das Besondere des Wettstreits war, dass der gewinnen würde, der den anderen an Grobheit überträfe. Der Mitschüler beschrieb eine auf Wolken schwebende Göttin Grobheit, die sich zu Schiller herabneigte und ihm zuflüsterte: »Du bist mein lieber Sohn, an dem ich Wohlgefallen habe!«

Schiller überlegte kurz und gab sich geschlagen.

Faustrecht

Untereinander achteten die Karlsschüler darauf, einen Ehrenkodex einzuhalten. Über Verletzungen desselben wurde heimlich gerichtet und eine Strafe festgelegt. Schiller weigerte sich, als Richter mitzuwirken. Aber als Exekutor der Strafen soll er sich gern zur Verfügung gestellt haben. Seine Fäuste seien die gewesen, die mit dem größten moralischen Grimm auf die Delinquenten einschlugen.

Hinweg damit!

Heimlich saßen die Karlsschüler beieinander, tranken Kaffee, rauchten und diskutierten Literatur. Schiller tat sich als Kritiker hervor, strich etwa Klopstocks Ode »Die Genesung« wegen Inhaltsarmut und Wortpomp ganz. Vom Gedicht »Mein Vaterland« ließ er nur die erste Strophe stehen und meinte, die restlichen siebzehn würden den großen Eindruck nur schwächen.

Zu spät

Schiller und zwei seiner Freunde versuchten, Balladen im altenglischen Stil zu schreiben, den sie sich bei Herder abgeschaut hatten. Diese boten sie – was freilich heimlich geschehen musste – einem Verleger zum Druck an. Die Wahl des Verlegers war eine unglückliche. Der Mann war schon vor Jahren gestorben.

Zu gut gespielt

In Ludwigsburg erzählte man eine Anekdote, deren Wahrheitsgehalt man fast bezweifeln möchte. Der Herzog hatte von Schillers Talent erfahren, Personen zu imitieren, und forderte Friedrich auf, er solle ihn nachmachen. Schiller weigerte sich lange, der Herzog bestand auf seiner Forderung. Schiller erbat sich den Stock des Fürsten, nahm Gesten und Redeweise Carl Eugens an und examinierte ihn. Die Antworten des Fürsten waren so unbefriedigend, dass Schiller ausgerufen haben soll: »Potz Tausend Sakerment, Er ist ein Esel!« Daraufhin hätte er die Gräfin Franziska von Hohenheim untergehakt, um mit ihr zu gehen. Der Herzog soll bestürzt gerufen haben: »Hör Er, lass er mir die Franzel!«

Passende Maskerade

Auch soll der Herzog ab und an die Zügel, die er seinen Karlsschülern angelegt hatte, etwas lockerer gelassen haben. Man traf sich zu einer Art Faschingsball. Ein Teufel erschien, was dem Herzog missfiel. Ein Harlekin wurde gegen den Teufel geschickt. Der Harlekin verdrosch den Teufel arg mit der Pritsche, jagte ihn aus dem Saal und riss ihm den Teufelsschweif ab. Vor der Tür schlüpfte Schiller aus dem Satanskostüm und kam als unschuldig blickender Domino wieder herein.

Kasper-Theater

Zum Geburtstag des Herzogs sollten die Karlsschüler Goethes »Clavigo« aufführen. Da niemand Lust hatte, den langen Text der Hauptrolle auswendig zu lernen, fiel sie Schiller zu. Petersen berichtete über Schillers ungelenkes Spiel: »Was rührend und feierlich sein sollte, war kreischend oder strotzend und pochend. Innigkeit und Leidenschaft drückte er durch Brüllen, Schnauben und Stampfen aus, kurz, sein ganzes Spiel war die vollkommenste Ungebärdigkeit ...«

So wurde aus dem Trauerspiel eine Lachnummer.

Zeit zur Besinnung

Wie sehr Schiller Freundschaft schätzte und wie sehr ihn unredliches oder unanständiges Verhalten schmerzte, zeigt sein Zerwürfnis mit seinem Mitschüler und Freund Scharffenstein. Dieser hatte, anstatt ein Gespräch unter vier Augen zu suchen, öffentlich Schillers Gedichte als pathetische und abgekupferte Machwerke verspottet. Schiller schrieb daraufhin einen sehr langen Brief und verordnete ihrer Freundschaft eine Pause. Diese dauerte fast drei Jahre.

Ehrenrunde

Auf Anweisung des Herzogs war aus dem Studenten der Rechte ein Medizinstudent geworden. Zum Abschluss der Ausbildung schrieb Schiller die Dissertation »Philosophie der Physiologie«. Die Gutachter attestierten aufgeschreckt einen etwas zu stolzen Geist, »dem das Vorurtheil für neue Theorien und der gefährliche Hang zum Besserwissen allzu viel anklebet«. Der Verfasser sei äußerst verwegen, unbescheiden und hart gegen die würdigsten medizinischen Autoritäten. Außerdem fiel der Aufsatz mit seiner »blühenden Schreibart« als »frei und schwülstig« auf. Herzog Carl Eugen verfügte die Ablehnung der Arbeit und noch ein Jahr auf der Akademie, »wo inmittelst sein Feuer noch ein wenig gedämpfet werden kann«. Fleißiges Lernen vorausgesetzt, könne »gewiss ein recht großes Subjectum« aus ihm werden.

Grausig, aber wahr

Zur medizinischen Ausbildung gehörte auch das Sezieren von Leichen. Dabei lernte Schiller seinen Mitschüler Hiller von einer ganz anderen Seite kennen: von innen.

Von der Muse gebissen

Der Medizinstudent Schiller musste Kranke beaufsichtigen. Er nutzte die Nachtstunden zum Schreiben. Da er die Angewohnheit hatte, laut zu dichten, in seine Figuren zu schlüpfen und ihren Text auszuprobieren, dies aber auf eine selbstvergessene und völlig übertriebene Art, erwachte ein Patient und erschrak sehr. Er meinte, sein Krankenpfleger sei wahnsinnig geworden und habe einen Tobsuchtsanfall. Als er Schiller ansprach, wurde der ganz starr und flüsterte böse: »Was unterbricht er meinen poetischen Furor? Kann er nicht Rücksicht darauf nehmen, dass mich soeben die Idee eines Trauerspiels überfallen hat?«

Verbot inklusive

Der renitente Friedrich plante ganz bewusst Widerstand gegen Herzog Carl Eugen. Mehrfach sagte er zu seinem Freund Scharffenstein: »Wir wollen ein Buch machen, das aber durch den Schinder absolut verbrannt werden muss!«

Wer ist Krake?

Es war an der Karlsschule verboten, ohne fürstliche Erlaubnis literarische Texte jedweder Art zu veröffentlichen. Seinen Schicksalsgenossen versprach Schiller, Lehrern und Landesfürst einen erstklassigen Streich zu spielen. In seiner Medizin-Dissertation »Versuch über den Zusammenhang der tierischen Natur des Menschen mit seiner geistigen« zitierte er unter anderem aus Shakespeares »Lear« und »Othello« und – in der Fußnote zu lesen – aus dem alten englischen Schauspiel »The Life of Charles Moor. Tragedy by Krake«.

Erstbegegnung

1779 feierte Carl Eugen das jährlich stattfindende Stiftungsfest seiner militärischen Pflanzschule großartiger als sonst, denn es nahm ein hoher Gast daran teil: Herzog Karl August aus Weimar.

Mehrmals durfte Schiller die Stufen zum Thron hinaufsteigen, um Preise entgegenzunehmen. Links neben dem Thron stand der Reisebegleiter des Weimarischen Herzogs – Geheimrat Goethe.

Keine Frauenzimmer

Später schrieb Schiller über die Zeit an der Karlsschule, dass eiserne Stäbe ihn von der wirklichen Welt trennten. Er war »unbekannt mit den Menschen«, »unbekannt mit den Neigungen freier, sich selbst überlassener Wesen«, »unbekannt mit dem schönen Geschlechte –, die Tore dieses Instituts öffnen sich, wie man wissen wird, Frauenzimmern nur, ehe sie anfangen, interessant zu werden, und wenn sie aufgehört haben, es zu sein«.

Genasführt

Als der Dichter später berühmt war, wurde er oft gemalt. Seine leicht gebogene und nicht gerade kleine Nase ist überall gut zu sehen. Auf den Gesichtserker hin angesprochen, witzelte Schiller oft: »Meine Nase habe ich selbst gemacht. Von Natur aus ist sie eigentlich kurz gewesen, in den Jahren auf der Militärakademie habe ich aber so lange daran gezogen, bis sie eine Spitze bekommen hat.«

Papierne Liebe

Unter den Augen des gestrengen Landesvaters fand Schiller seine große Liebe, über die er später schrieb: »Neigung für Poesie beleidigte die Gesetze des Instituts, worin ich erzogen ward, und widersprach dem Plan seines Stifters. Acht Jahre rang mein Enthusiasmus mit der militärischen Regel, aber Leidenschaft für die Dichtkunst ist feurig und stark, wie die erste Liebe. Was sie ersticken sollte, fachte sie an.«

Wilde Mixturen

1780 endlich aus dem Gefängnis Karlsschule entlassen, wurde Schiller kein freier Mann, sondern nur ein schlecht bezahlter Militärarzt in Stuttgart. Carl Eugen steckte ihn in ein Regiment von Invaliden, die für militärische Aktionen nicht mehr zu gebrauchen waren, unter Befehl des 82-jährigen Generals Augé. Zum Zwecke der Weiterbildung kaufte sich Schiller ein einziges Buch, nach dem er seine Rezepte verfertigte. Oft und gern verschrieb er Brechmittel in hoher Dosierung. Die Grenadiere sollten »ihre Krankheiten auskotzen«. Dass die Patienten diese abenteuerlichen Mixturen überlebten, verdankten sie Schillers Vorgesetztem, der stillschweigend die Rezepte kontrollierte und abmilderte.

Staub-Sauger

Schiller musste – obwohl sein Vater ihm für viel Geld zwei Zivilanzüge hatte nähen lassen – weiterhin Uniform tragen und durfte die Stadt nicht verlassen. Zum Ausgleich führte er abends ein ausschweifendes Leben: Er traf sich in Gasthäusern mit Freunden, spielte, trank, schnupfte und soll auch zu Huren gegangen sein. Sein Freund Johann Wilhelm Petersen berichtete: »Ein Schnupfer wie Schiller war nicht leicht zu finden. Hatte er bisweilen keinen Tabak, so kitzelte er seine Geruchsnerven mit Staub.«

Miss-Brauch

Scharffenstein erinnerte sich, dass Schiller es mit Soldatenweibern »auch en compagnie« getrieben habe, und meinte: »Schiller liebte im Grunde die Weiber nicht.«

Zettelwirtschaft

Schiller ging ins Stuttgarter Stammlokal »Zum Ochsen«, fand aber keinen Freund zum Zechen, Schwadronieren oder Manille-Kartenspiel. Ärgerlich schrieb er einen Zettel: »Seid mir schöne Kerls. Bin dagewesen, und kein Petersen, kein Reichenbach. Tausendsackerlot! Wo bleibt die Manille heute? Hol Euch alle der Teufel! Bin zu Hause, wenn Ihr mich haben wollt. Adieu. Schiller.«

Neuer Shakespeare

Mit 150 geborgten Gulden hatte Schiller im Juni 1781 »Die Räuber« in Stuttgart drucken lassen. Um Ärger mit Herzog Carl Eugen zu vermeiden, waren als Verlagsorte Frankfurt und Leipzig angegeben. Schon einen Monat später erschien in der »Erfurtischen Gelehrten Zeitung« eine Rezension, die in den Worten gipfelte: »Haben wir je einen deutschen Shakespeare zu erwarten, so ist es dieser.«

Dieser war namenlos, die Veröffentlichung anonym.

Doktor Fischer

General Rieger, Kommandant der Festung Hohenasperg, wollte Schiller gern kennenlernen und bat dessen Freund Wilhelm von Hoven, ihn beim nächsten Besuch mitzubringen. Gleichzeitig forderte er seinen Häftling, den Dichter Christian Friedrich Daniel Schubart auf, eine Rezension zu den »Räubern« zu schreiben.

Beim Festungsbesuch stellte Rieger Schubart zwei Herren vor: von Hoven und »Doktor Fischer«, ein Freund Schillers. Dann bat er um die Lesung der Rezension. Schubarts Vortrag endete mit dem Wunsch, dem Autor persönlich zu begegnen. Rieger sagte: »Ihr Wunsch ist erfüllt, hier steht er vor Ihnen.« Schubart fiel Schiller um den Hals, vergoss Freudentränen und küsste ihn. Schiller badete mit großem Vergnügen im Begeisterungsausbruch des Dichterkollegen.

Stärkerer Reiz

Zur Premiere seiner »Räuber« reiste Schiller ins Ausland: nach Mannheim. Ohne Erlaubnis seines Herzogs, aber mit Freund Petersen. In Schwetzingen machten sie Rast bei einer hübschen Kellnerin. Und vergaßen darüber derart die Zeit, dass sie beinahe den Beginn des Stücks verpasst hätten.

Urknall

13.1.1782. »Die Räuber« – Uraufführung in Mannheim. Aus Heidelberg, Worms, Frankfurt, Darmstadt und Mainz waren Zuschauer herbeigeströmt und drängten bereits vier Stunden vor Beginn auf die Plätze. Weit mehr Menschen, als das Theater fassen konnte, warteten auf Einlass. Augenzeugen berichteten: »Das Theater glich einem Irrenhause, rollende Augen, geballte Fäuste, stampfende Füße, heisere Aufschreie im Zuschauerraum! Fremde Menschen fielen einander schluchzend in die Arme, Frauen wankten, einer Ohnmacht nahe, zur Türe. Es war eine allgemeine Auflösung wie im Chaos, aus dessen Nebeln eine neue Schöpfung hervorbricht.«

Freiheits-Räuber

Vier Monate später wollte Schiller das Stück noch einmal sehen, wieder hatte er keine Reiseerlaubnis. Begleitet wurde er von zwei Damen, seiner Zimmerwirtin Dorothea Vischer und seiner mütterlichen Freundin Henriette von Wolzogen. Als Herzog Carl Eugen Wind von der Sache bekam, schickte er Schiller ein Pferd und den Befehl, sofort vor ihm zu erscheinen. Er verbot den Kontakt zum Ausland und jegliche literarische Betätigung, stattdessen verhängte er Arrest. Schiller hatte sich selbst sofort und ohne jeden Umweg auf der Stuttgarter Hauptwache abzuliefern. Vierzehn Tage lang konnte er ungestört nachdenken. Im Kerker kam ihm die Idee zu »Luise Millerin«.

Versprochen ist versprochen

Die Reisen nach Mannheim wären allerdings ohne das Einverständnis des Regimentskommandeurs Rau nicht möglich gewesen. Rau bat Schiller eindringlich, ihn nicht zu kompromittieren. Beim herzoglichen Verhör bestritt Schiller das Mitwissen Raus. Der Herzog drohte mit Festungshaft und mit Maßnahmen gegen Schillers Vater. Schiller schwieg.

Rau mied ängstlich jede öffentliche Begegnung mit Schiller. Eines Nachts trafen sich zwei dunkle Gestalten in einem Garten an der Stadtmauer. Die eine Gestalt berichtete vom eingehaltenen Versprechen, die andere Gestalt atmete vernehmlich auf.

Produkt-Haftung

In den »Räubern« wird das schweizerische Graubünden als »Athen der heutigen Gauner« bezeichnet. Schiller wollte damit einem Aufseher aus der Militärakademie eins auswischen, der von dort stammte. Die Graubündner beschwerten sich öffentlich über die Kriminalisierung. Herzog Carl Eugen befürchtete diplomatische Verwicklungen und ordnete an: »... bei Strafe der Kassation, schreib er keine Komödie mehr.«

Schreibverbot

In einem Gesuch an Carl Eugen unterbreitete Schiller »einige untertänigste Vorstellungen«, die »die Milderung des mir gnädigst zugekommenen Befehls: nichts Literarisches mehr zu schreiben« verlangten. Der Herzog verweigerte die Annahme des Gesuchs trotz der tief dienernden Unterschrift »untertänigst treugehorsamster Schiller«. Stattdessen erteilte er gleich noch ein Verbot: weitere Bittgesuche zu schreiben.

Fast verhinderte Flucht

Schiller entschloss sich zur Flucht. Fluchthelfer war Freund Andreas Streicher. Der erschien auf die Minute zur verabredeten Zeit. Schiller war nicht reisefertig, da er Klopstocks Oden wieder aufgeschlagen und sich so geärgert hatte, dass er ein Gegenstück dichtete. Streicher musste sich beide Werke anhören und entscheiden, welches besser sei. Dann trieb er zur Eile, aber erst abends war alles fertig gepackt. Unter anderem zwei Pistolen, die eine ohne Feuerstein, die andere mit zerbrochenem Schloss, also beide unbrauchbar, aber »mit frommen Wünschen für Sicherheit und ein glückliches Fortkommen geladen«.

Weggetreten

Gleich nach Ankunft in Mannheim schrieb Schiller erneut an den Herzog, bat darum, Schriftsteller sein und die Uniform ablegen zu dürfen: »Ich erwarte die gnädigste Antwort mit zitternder Hoffnung, ungeduldig aus einem fremden Lande zu meinem Fürsten zu meinem Vaterlande zu eilen.«

Die Erörterung des Gesuchs wurde in Aussicht gestellt, falls Schiller zurückkehre und seinen Dienst wieder aufnehme. Schiller blieb misstrauisch und in sicherer Ferne. Also wurde er aus den Regimentslisten gestrichen mit dem Vermerk: ausgewichen.

Kritikerschlacht

Eine ausführliche Kritik zu den »Räubern« erschien, das Schauspiel wurde analysiert und scharf angegriffen. Ein Frankfurter Rezensent schrieb empört eine Gegenkritik voller Lob und Preis für »Die Räuber«. Erstaunt musste er wenig später zur Kenntnis nehmen, dass die negative Rezension von Schiller persönlich stammte.

Marktforschung

Inkognito befragte Schiller einen Frankfurter Buchhändler: »Das berüchtigte Schauspiel ›Die Räuber‹, findet es guten Absatz? Und kann Er mir auch sagen, wie das Publikum darüber denkt?«

Der Buchhändler geriet ins Schwärmen, Schiller offenbarte sich als Autor. Der Buchhändler schaute sehr überrascht, skeptisch, dass ein so junger, dazu zurückhaltender und freundlicher Mann so etwas Kräftiges und Aufrührerisches geschrieben haben könnte.

Ewige Zwickmühle

Der Jungdramatiker Schiller analysierte das »Bermuda-Dreieck« des Theaters: Der Theaterunternehmer wolle finanziell bestehen, der Schauspieler sich zeigen. Das Publikum kam schlechter weg: unterhaltungswillig bis vergnügungssüchtig sei es und unzufrieden, wenn man ihm eine Anstrengung zumutet, wo es Spiel und Erholung erwartet.

Leseschwäche

In Mannheim saß die Creme des deutschen Schauspiels – Iffland, Beck, Beil, Meyer und weitere wichtige Mimen – und lauschte Schillers Vorlesung seines neuen Stückes. Schiller warf sich wieder voll ins Geschehen. Kein Lob, kein Beifall. Nach und nach leerte sich das Zimmer. Schillers Freund Streicher wurde im Vertrauen ausgehorcht, ob Schiller nachweislich der Autor der »Räuber« sei, nach Kenntnisnahme des »Fiesco« sei das völlig unglaubhaft, denn »Fiesco« sei das Schlechteste, was man bisher gehört habe. Schiller war am Boden zerstört. Meyer nahm das »Fiesco«-Manuskript mit, um es selbst zu lesen.

Am nächsten Morgen ging Streicher zu Meyer, der sogleich begeistert sagte, »Fiesco« sei ein Meisterstück und weit besser als »Die Räuber«. Er fuhr fort: »Aber wissen Sie auch, was schuld daran ist, dass ich und alle Zuhörer es für das elendste Machwerk hielten? Schillers schwäbische Aussprache und die verwünschte Art, *wie* er alles deklamiert!«

Naive Alternative

Nachdem sein »Fiesco« am Nachmittag derart bei den Schauspielern durchgefallen war, verkündete Schiller am Abend, dass, wenn er hier nicht als Schauspieldichter angestellt oder sein Trauerspiel angenommen werde, er selbst als Schauspieler auftreten wolle, zumal doch niemand so deklamieren könne wie er.

Schön falsch

Der »Fiesco« musste ins Reine geschrieben werden. Schiller fand für diese Arbeit einen Regimentssoldaten, der sehr schön schrieb. Schiller diktierte, es ging gut vorwärts. Dann las Schiller Korrektur. Aus Fiesco war Viesgo geworden, Leonore hieß nun Leohnohre, überhaupt waren die meisten Wörter in wunderlicher Rechtschreibung aufs Papier gelangt. Schiller beklagte sich bei Freunden, wie es möglich sei, dass jemand, der so schön schriebe, nicht auch jedes Wort richtig schreiben könne.

Auch Pferde

Wenn die Herren Schauspieler sich nach einem langen Abend verabschiedeten, erbat sich Schiller Nachschub an Kaffee, Wein, Tinte und Papier und schrieb bis in die Morgenstunden. Einmal fand ihn ein Schauspieler morgens und meinte, er sei gestorben. Schiller hatte gearbeitet, bis sein Körper in eine Art Starrkrampf verfallen war.

Die Frau des Schauspielers Beck fragte Schiller, ob ihm in den langen Schreibnächten nicht manchmal die Ideen ausblieben. Schiller zeigte auf einige Manuskriptseiten, die mit Pferden und Männchen vollgekritzelt waren, und sagte: »Schaun's, wenn die Gedanken ausgehn, da mal ich halt Rössel.«

Doppelter Verlust

Wieder einmal war Schiller, der aus Angst vor Verfolgung aus Mannheim floh, finanziell am Ende, »bei jedem Griff in den Beutel war schon sein Boden erreicht«. In seiner Not bot er einem Buchhändler, der zugleich Verleger war, sein Gedicht »Teufel Amor« für 25 Gulden an. Der Buchhändler wollte jedoch nur 18 Gulden zahlen. Schiller verzichtete. Auf der weiteren Flucht ging das ziemlich lange Gedicht verloren. Immerhin konnte sich Freund Streicher an eine Zeile erinnern: »Süßer Amor, verweile im melodischen Flug ...«

Jugend und Sünde

Es erschien eine »Anthologie auf das Jahr 1782«. Herausgeber war ein gewisser Fedor von Zobelitz, gedruckt wurde angeblich in Tobolsko in Russland. Allein vier Zeilen des Gedichts »Venuswagen« hätten für einen Platz neben Schubart auf der Festung Hohenasperg gereicht:

Ja die Hure (lasst's ins Ohr euch flüstern!)
Bleibt auch selbst im Kabinett nicht stumm.
In dem Uhrwerk der Regierung nistern
Öfters Venusfinger um.

Was sich auf die herzogliche Mätresse Franziska von Hohenheim bezog. Erst in Neudrucken mehrere Jahre später gaben sich der Herausgeber und die Autoren von über der Hälfte der 83 Gedichte zu erkennen – alle hießen Friedrich Schiller.

Werbemaßnahme

Die »Anthologie« erfuhr sofort härteste Kritik – anonym, von Schiller. Über die Gedichte wurde geurteilt: »Überspannt sind sie alle und verraten eine allzu unbändige Imagination; hie und da bemerke ich auch eine schlüpfrige Stelle, im platonischen Schwulst verschleiert. Sehr oft ist der Witz gezwungen und ungeheuer. Im Ganzen sind fast alle Gedichte zu lang.« Schiller wusste um die verkaufsfördernde Wirkung von »Stellen« und Antiwerbung.

Die Macht der Kunst

Gemeinsam mit einigen Schauspielern fuhr Schiller nach Worms. Man stieg im Posthaus ab, kam gerade rechtzeitig zur »Ariadne auf Naxos«, aufgeführt von einem ärmlichen Wandertheater: Theseus' Schiff war aus Pappe mit aufgemalten Kanonen, Donner wurde erzeugt, indem man Kartoffeln in eine Blechwanne schüttete. Die Schauspieler im Publikum schütteten auch, und zwar Spott und Häme über die Kollegen. Schiller beteiligte sich nicht. Ihn hatte seine Phantasie in ferne Lande zu Ariadne, Theseus und Dionysos verschlagen.

Nicht kreditwürdig

Schiller war immer wieder in Geldnöten. Dieses offene Geheimnis führte zu ebenso offenen Worten. Als er einmal auf das Frankfurter Bankhaus Bethmann einen Wechsel ausgestellt hatte, kam derselbe postwendend zurück mit der Bemerkung: »Ein verdorbener Chirurg, der sich mit Gewalt zum Dichter machen will.«

Löwenmut

1782 erschien eine »zwote verbesserte Auflage« von Schillers »Räubern«, die sogenannte Löwenausgabe, weil auf dem Titel das Bild eines drohend aufgerichteten Löwen prangte, darunter die Devise

»In Tyrannos!« – Gegen die Tyrannen! Die Idee dafür war nicht von Schiller, aber der Stürmer und Dränger fand sie ausgesprochen gut.

Uneitel

Der Sohn des Thüringer Pfarrers und Dichters Karl Christoph Förster fand in der sehr umfänglichen väterlichen Bibliothek keine Ausgaben von dessen Werken. Der Vater erzählte daraufhin, dass er einmal Schiller um seine Ausgabe der »Räuber« gebeten habe, ebenjene mit der »In Tyrannos«-Devise. Schiller habe daraufhin seufzend gesagt: »Beschter Freund, Sie müsse von keinem Autor eines seiner Werke leihen wollen; mit sehr vielen Büchern kann ich dienen, aber von seinen eigenen hat man nicht eines auf dem Brett behalten.«

Kein Aufsehen

Schiller floh nach Bauerbach auf das Gut der Frau von Wolzogen, der Mutter eines seiner Freunde. Um sich und seine Gastgeberin zu schützen, nannte er sich Doktor Ritter. Die neugierige Dorfjugend schlich heimlich die Treppen im Gutshaus hinauf und beobachtete durchs Schlüsselloch, was dieser Herr Unbekannt dort trieb. Er studierte Stapel von Büchern und schrieb unermüdlich.

Wie langweilig!

Gestrandet

Obwohl Schiller als »Schiffbrüchiger, der sich mühsam aus den Wellen gekämpft hat«, zunächst glücklich darüber war, in Bauerbach »einmal am Ufer« angekommen zu sein, fehlten ihm doch recht bald andere Menschen. Er klagte über seine »einsame, grillenhafte Zelle«. Im Gasthof »Zum braunen Ross« fand er zwar anregende Getränke, aber niemanden, der zur »Gedanken-Lockung« geeignet war. Ohne menschliche Gesellschaft befürchtete er für seine »Seele das Schicksal eines stehenden Wassers ..., das in Fäulnis ginge«. Er bräuchte dringend »je und je eine kleine Wallung«.

Ein Freitag für Robinson

Friedrich Reinwald, Bibliothekar aus Meiningen und zweiundzwanzig Jahre älter als Schiller, sorgte für diese gelegentlichen Wallungen der Seele. Er war ihm ebenbürtiger Gesprächspartner, beschaffte Bücher, Tinte, Schreibpapier. Schiller bat ihn auch, Schnupftabak »für einen armen schmachtenden Freund« zu besorgen. Schlimm nur, wenn Schillers Magd den falschen Tabak brachte.

Lebenszeichen

Dringend bat Schiller Reinwald auch um Zeitungen. Er hoffte, darin etwas über sich und seine

Bücher zu finden. »Wenn ich meinen Namen in der Zeitung lese, so erfahre ich doch, dass ich noch lebe«, meinte er.

Leuchtkraft

Schiller erfuhr, dass Reinwald bald Wieland und Goethe besuchen würde, und beschwerte sich, über so vielen vortrefflichen Köpfen werde Reinwald wohl den Bauerbachschen Freund vergessen. »Sie werden wiederkommen voll der gesammelten Ideale, geblendet von soviel schimmernden Genies und den matten Flimmer eines Johanniswurms nicht mehr bemerken.«

Neue Freundin

Schiller nutzte den Winter ausgiebig zum Schreiben. Und schuf sich mit den Figuren seiner Dramen eine Gesellschaft, die er ansonsten in seiner Einsiedelei entbehren musste. Schillers Liebe dieser Wintermonate, die ihn »schon um fünf Uhr aus dem Bette« jagte, hieß – Luise Millerin.

Besserer Köder

Im Februar 1783 bestellte Schiller »gutes Schreibpapier«, um seine »Luise Millerin« in Reinschrift zu bringen. Später änderte er auf Dalbergs Wunsch hin einiges. Und nach Ifflands Vorschlag wählte er den publikumswirksamen Titel: »Kabale und Liebe«.

Frauenbild

In »Kabale und Liebe« reden Musikus Miller und dessen Frau über Tochter Luise. Aus Vater Millers Mund spricht mit ziemlicher Sicherheit der damalige Schiller: »Das Mädel ist schön, schlank, führt seinen netten Fuß. Unterm Dach mag's aussehen, wie's will. Darüber guckt man bei euch Weibsleuten weg, wenn's nur der liebe Gott par terre nicht hat fehlen lassen.«

Die erste Charlotte

Zur Jahreswende 1782/83 sah Schiller sie das erste Mal: Charlotte von Wolzogen, die Tochter seiner Gastgeberin. Er litt unter ihrer Abwesenheit, bis er sie zu Pfingsten wiedersehen konnte. Zur Begrüßung schmückte er eigens Haus und Hof. Er las ihr aus seinen Manuskripten vor, in der Hoffnung, die »schönste, weichste, empfindsamste Seele« damit für sich zu gewinnen. Was der Mutter dieser Seele gar nicht recht war – sie schwärmte selbst für den Dichter.

Maul-Aufreißer-Typ

Der Mittzwanziger definierte Liebe, sie sei zuletzt nur »ein glücklicher Betrug«, und vollendete: »Der ewige innere Hang, in das Nebengeschöpf überzugehen oder dasselbe in sich hineinzuschlingen, es anzureißen, ist Liebe.«

Ans Rindfleisch damit

An Mutter Wolzogen schrieb Schiller, er werde die Dichtkunst an den Nagel hängen, wenn er dafür an der Seite Charlottes leben dürfte. »Wie klein ist doch die höchste Größe eines Dichters gegen den Gedanken, glücklich zu leben«, schrieb er. Der Lorbeer, der den Dichtern zu Kränzen geflochten wird, könne seinetwegen ans »nächste boeuf à la mode« gegeben werden.

Verrechnet

Charlotte wurde auf Kosten der Herzogin von Sachsen-Gotha erzogen. Als Schiller erfuhr, dass von der Herzogin kein Geld mehr für den Unterhalt des Mädchens fließen würde, erklärte er sich – selber hoch verschuldet – großzügig bereit, für Charlotte zu sorgen. Er versprach der Mutter: »Es bleibt dabei, ich schreibe eine Tragödie mehr.« Die Einnahmen wolle er an das Mädchen weiterleiten. »Reich würde freilich Ihre Lotte nie – aber gewiss glücklich.«

Der Mohr aus »Fiesco«

Schiller bekam oft anfallartige Fieberschübe, nicht selten auch, wenn er bei Freunden zu Besuch war. Die versuchten, die Krankheit zu lindern, und ließen den Geschwächten mit der Kutsche nach Hause bringen.

Ein Gastgeber wollte am kommenden Morgen einen Krankenbesuch bei Schiller machen. Er fand ihn auf und ab rennend, hemdsärmlig, wild gestikulierend und – wie erzählt wird – barbarisch krakeelend. »Sind Sie denn ein Mediziner und wollen Sie sich mit Gewalt ruinieren?«, fragte der Besucher. Schiller antwortete, er habe gerade den Mohren am Kragen gehabt.

Wasser bis zum Hals

Schiller verrechnete sich großzügig, was er an Einkünften als Mannheimer Theaterautor erwarten konnte. Zwar wollte er sich aus dem »Wirrwar« seiner Schulden »reißen«, aber gab seinen gesamten Vorschuss für standesgemäße Garderobe aus. Henriette von Wolzogen bat wieder und wieder um die Rückzahlung geborgten Geldes. Schiller antwortete mit immer neuen Ausreden. Zum Beispiel, dass es ihm »ganz unmöglich« sei, jetzt zu zahlen, weil der Rhein über die Ufer getreten sei und es Überschwemmungen in der ganzen Stadt gegeben habe.

Titelkampf

Schiller hielt in der Mannheimer »Deutschen Gesellschaft« einen Vortrag unter dem Titel »Von der Wirkung der Schaubühne auf das Volk«. Gedruckt wurde die Rede im Jahr darauf unter dem Titel »Was kann eine gute stehende Schaubühne eigentlich wirken?« Schiller war unzufrieden. Als der Text 1802 erneut erschien, stand darüber: »Die Schaubühne als eine moralische Anstalt betrachtet«.

Geneigt

1784. Uraufführung von »Kabale und Liebe«. Schiller nervös in einer Loge, das Spiel teils erfreut, teils mit zusammengezogenen Augenbrauen verfolgend. Nach dem ersten Akt sagte er nur: »Es geht gut.« Mehr war ihm nicht zu entlocken.

Der zweite Akt wurde furios gespielt. Das Publikum erhob sich und spendete stürmisch Beifall. Der Dichter erhob sich ebenfalls und verneigte sich vor seinem Publikum.

Fehlende Worte

Schiller liebte das Theaterleben und die Schauspielerinnen, die er »Töchter der Wollust« nannte. Zunächst war er für Karoline Ziegler entflammt, die Darstellerin der Amalie aus den »Räubern«. Auch die Schauspielerin Katharina Baumann, Zweitbesetzung der Luise in »Kabale und Liebe«, wurde von Schiller umgarnt. Das gefiel ihr zwar, aber nicht seine nachlässige, manchmal schlampige Erscheinung, und sie ging nicht auf seine Offerten ein. Schiller schenkte ihr ein Miniaturbildnis seiner selbst in Form eines Amuletts, damit sie es am Busen tragen konnte. Die Schauspielerin fragte, was sie damit solle. Schiller schwäbelte verschämt: »Ja, sehe Sie, i bin a kurioser Kauz, das kann i Ihne nit sage.«

Alles dasselbe

Auch wenn Katharina Baumann Schillers Zuneigung nicht erwiderte, so wich er doch nicht von ihrer Seite. Das sprach sich bis nach Stuttgart herum, woraufhin ein Freund schrieb: »Will Dir's nur sagen, man schwatzte närrisches Zeug von Dir! Einmal hieß es: Du seiest Professor in Marburg, ein andermal: Du habest Dich mit einer Comödiantin verheurasselt, ein drittesmal, Du seiest rasend geworden.«

Flüchtige Begegnung

Auf ihrem Rückweg aus der Schweiz in ihr heimatliches Rudolstadt wollten drei Damen den inzwischen berühmten Dichter besuchen: Frau von Lengefeld und ihre beiden Töchter. Doch Schiller war nicht zu Hause. Die Damen hinterließen eine Nachricht. Schiller eilte zum Gasthof, wo die Reisegesellschaft gerade aufbrechen wollte. Nahezu stumm stand Schiller vor den Schwestern, die seine »hohe, edle Gestalt« bestaunten und sich wunderten, »dass ein so ungezähmtes Genie ein so sanftes Äußeres haben könne«.

Einen bleibenden Eindruck hinterließ der Besuch nicht, weder bei Schiller noch bei den Schwestern.

Kalb oder nicht Kalb

Zu einer Vorstellung von »Kabale und Liebe« hatten sich Schillers heimliche Liebe Charlotte von Kalb und deren Ehemann angesagt. Schiller war in Verlegenheit, denn in dem Stück tritt ein Hofmarschall von Kalb auf, eine nicht gerade positive Figur. Der Name sollte aus dem Stück und von den Theaterzetteln getilgt werden. Das wurde jedoch verhindert, weil gerade die plötzliche Veränderung viel mehr Anlass zu Spekulationen gegeben hätte.

Sohn Friedrich

Schiller ging fast täglich bei der hochschwangeren Charlotte von Kalb ein und aus, falls nicht gerade der Ehemann zu Besuch weilte, der ansonsten beim Militärdienst war. Schiller lernte viel von dieser gebildeten, sprachgewandten und gesellschaftsfähigen Frau, sie hörte als Erste die neuen Szenen des »Don Carlos«, an denen er gerade arbeitete. Im September, wieder war der Mann weit weg, kam das Kind zur Welt, es war ein Sohn. Charlotte nannte ihn Friedrich.

Warte nur, balde

Offenheit, Überschwang und Heißherzigkeit gehörten zu Schillers Wesen, aber auch ganz gegensätzliche Eigenschaften wie Schüchternsein und tiefe Selbstzweifel, gepaart mit hochfliegenden Erwartungen an sich selbst. »Schon 23«, legte er selbstreflektierend seinem Don Carlos in den Mund, »und noch nichts für die Unsterblichkeit getan!«

Guter Rat

Der Weimarer Herzog Karl August hatte in Darmstadt eine Lesung des ersten Aktes des »Don Carlos« erlebt und war begeistert. Als Zeichen seiner Achtung schrieb er: »Mit vielem Vergnügen, mein lieber Doktor Schiller, erteile ich Ihnen den Charakter als Rat in meinen Diensten.«

Geld hing nicht an dem Titel, ebenso wenig wie Verpflichtungen.

Schnorrer

Im Sommer 1784 traf bei Schiller ein Paket aus Leipzig ein, von ihm fremden Menschen, die ihn verehrten. Fanpost von den Herren Huber und Körner und den angeschlossenen Freundinnen Dora und Minna Stock. Von Liebhabern und Liebhaberinnen seiner Stücke waren ihm schon mehrere Lorbeerkranzpakete zugesandt worden.

Ein halbes Jahr später bedankte sich Schiller für die gestickte Brieftasche, die Zeichnungen, die Noten zu einem »Räuber«-Lied sowie die beiliegenden Briefe, schrieb, er suche dringend edle Freunde, er würde gern eingeladen werden. Und etwas Geld könne er auch gebrauchen.

Mannheimer Schlusspunkt

Anfang 1785 besuchte Schiller siebzehn Aufführungen des Theaters und kritisierte strengstens, was er zu sehen bekam: zumeist »Theaterflitter«, Unterhaltungsware. In der Aufführung von »Kabale und Liebe« musste er »Unsinn anhören«, weil die Mannheimer Schauspieler nicht seinen Text spielten, sondern wild extemporierten. Iffland, der als Einziger gut wegkam, sollte vermitteln und schrieb an Schiller, dass die kritisierte Vorstellung die beste gewesen sei. Er selber hätte nur ein Komma weggelassen.

Dichtung und Wahrheit

In »Kabale und Liebe« ließ Schiller Luises Vater über einen Liebhaber spotten, der altmodisch genug ist, den Vater zu Hilfe zu rufen, wenn er doch eigentlich das Herz der Liebsten erobern will: »Hat er's Courage nicht, so ist er ein Hasenfuß, und für den sind keine Luisen gewachsen.«

Schiller besuchte oft das gastfreie Haus des reichen Mannheimer Verlegers Schwan und war dessen Tochter Margaretha nahe gekommen. Auch sie hätte den Dichter gern bei sich behalten. Aber erst nach seiner Abreise aus Mannheim traute sich Schiller, um ihre Hand anzuhalten – beim Vater. Der empfahl, sich direkt an die Tochter zu wenden. Dazu fehlte ihm die Courage.

Glückskleeblatt

Schiller beschloss, in die Gemeinschaft des Leipziger Freundeskreises überzusiedeln. Er bat um die Suche eines Quartiers, das ihm das Schreiben nicht unnötig erschweren würde: ein Schlaf- und zugleich Schreibzimmer, ein Besuchszimmer, ein paar Möbel, bitte keinen Ausblick auf einen Kirchhof (»Ich liebe die Menschen und also auch ihr Gedränge.«), bitte nicht parterre oder unterm Dach. Schiller wünschte sich, dass das »fünffache Kleeblatt« gemeinsam essen möge, denn er faste lieber, als nicht in Gesellschaft zu speisen. Eine eigene Wirtschaft wolle er nicht führen, denn: »... ich stürze aus meinen idealischen Welten, sobald mich ein zerrissner Strumpf an die wirkliche mahnt.«

Überschwang

In Leipzig lernte Schiller zunächst Ludwig Ferdinand Huber kennen, einen Tag darauf die Schwestern Dora und Minna Stock, erstere mit Huber verlobt, letztere mit Christian Gottfried Körner. Ihm begegnete Schiller erst ein paar Wochen später. Und fand in ihm den besten Freund und engsten Vertrauten für sein ganzes weiteres Leben. Die enthusiastischen Gefühle für seine vier Freunde schwappten überreichlich in sein »Lied an die Freude«: »Seid umschlungen, Millionen ...«

Kein Räuber

Minna Stock erzählte später über die erste Begegnung: »Wir waren fast mehr von Furcht als von Freude bewegt, ... denn wir konnten uns den Dichter der ›Räuber‹ gar nicht anders als im Wesen und Anzug wie einen Karl Moor oder wie einen von dessen Gefährten aus den böhmischen Wäldern vorstellen, mit Kanonenstiefeln und Pfundsporen, den rasselnden Schleppsäbel an der Seite. Wie sehr waren wir überrascht, als uns Huber einen blonden, blauäugigen, schüchternen jungen Mann vorstellte, dem die Tränen in den Augen standen und der kaum wagte, uns anzureden.«

Bei den Kaffeesachsen

Nach der ersten Woche in Leipzig schrieb Schiller, dass es seine angenehmste Erholung bisher gewesen sei, Richters Kaffeehaus zu besuchen und dort die halbe Welt Leipzigs kennenzulernen. Gern stand er im Mittelpunkt neugieriger Runden, aber manchmal wurde er des Rummels überdrüssig. Einige Zeitgenossen nervten ihn, »weil sie wie Geschmeißfliegen um Schriftsteller herumsumsen, einen wie ein Wundertier angaffen und sich obendrein gar, einiger vollgekleckster Bogen wegen, zu Kollegen aufwerfen«.

Aller guten Schiller sind …

Eine junge Frau, schwärmend für den Dichter, sollte ihn in Leipzig erstmals treffen. Sechs Uhr war vereinbart. Um vier meldete der Diener: »Herr Doktor Schiller!« Ein fülliger Herr trat ein, elegant und gewandt im Benehmen. Die junge Frau war entzückt und verunsichert zugleich, auch weil der Herr sich nach einer halben Stunde wieder verabschiedete.

Wenig später der Diener: »Herr Schiller!« Ein anderer Mann trat ein, von untersetzter Gestalt. Wohlklingend sprach er über Poesie und Kunst und ging ebenfalls nach einer halben Stunde.

Wieder erschien der Diener: »Es ist noch ein Herr Schiller draußen und bittet …« Die Frau wurde wütend. Ein sehr langer, hagerer Mann trat ein, von blassgelber Gesichtsfarbe, mit schlecht sitzender Frisur und unordentlichem Äußeren. Die junge Frau etwas spitz: »Darf ich Sie bitten, eine Rolle abzulegen, die, wie ich sehe, Sie geniert und die den Scherz, den man vorhaben mag, verderben könnte.«

Der Mann schaute verärgert, sagte dann aber höflich: »Eine Rolle kann ich nicht ablegen, ich habe keine angenommen. Einen Scherz kann ich leicht verderben, ich bin davon nicht unterrichtet. So will ich mich Ihnen lieber empfehlen …«

Da traten die beiden anderen Herren Schiller ein und entpuppten sich als Freunde des Dichters, die dessen Bekanntheit genutzt hatten, um mit der jungen Dame in Kontakt zu kommen. Der echte lachte.

Freikarten

Während der Leipziger Messe ging Schiller mit der Schauspielerin Sophie Albrecht durch eine Gasse. Ein Bekannter der beiden war schon vorgegangen, denn in der Gasse war ein kleines Theater. Der Direktor, durch den Vor-Läufer aufgeklärt, begrüßte den berühmten Autor und seine nicht minder bekannte Begleiterin. Es sei eine große Ehre, Kunstverwandte, die er bisher nur aus weiter Entfernung bewundern durfte, so nah vor sich zu haben. Voller Freude spendierte er Freibillets – für sein Hunde-Theater.

Alles nur Theater!

Einmal wurde Schiller gefunden: auf dem Boden liegend, den Körper in heftigen Zuckungen. Große Bestürzung und die Frage, ob ihm etwas zugestoßen sei. Doch Schiller rief nur: »Lassen Sie mich!«

Nach einiger Zeit erhob sich der völlig erschöpfte Dichter und erklärte, er hätte soeben den Plan zu einer Szene des »Don Carlos« gefasst.

Wasserträger

Schon ganz früh am Morgen, zwischen drei und vier Uhr, rannte Schiller kreuz und quer über die Felder bei Leipzig-Gohlis, mit wehendem Schlafrock. Der Haussohn, zwölf Jahre alt, musste ihm oft mit einer Wasserflasche und einem Glas folgen.

Schreibblockade

Freund Körner hatte seine Minna geheiratet. Nach der Hochzeitsfeier in Leipzig begleiteten Huber und Schiller das Brautpaar noch ein Stück in Richtung Dresden. Auf dem Rückweg stürzte Schiller vom Pferd und verstauchte sich die Hand. Einen Monat lang konnte er nicht schreiben.

Lustige Bildchen

Für Körner wurde Freund Schiller zum Zeichner, in »Leben und Exsertionen Koerners des decenten, consequenten, piquanten u.s.f. von Hogarth in schönen illuminierten Kupfern abgefasst und mit befriedigenden Erklärungen versehen von Winkelmann«. Hinter Winkelmann versteckte sich Freund Huber und hinter dem Namen des berühmten englischen Karikaturisten Schiller. Neben einem purzelbaumschlagenden Selbstporträt und witzigen Karikaturen des Freundeskreises die wohl wichtigste Zeichnung: um Körner herum vier Wörter »Ich zahle für alle«.

Glück und Glas

Minna Körner erzählte, am ersten Morgen im Garten in Dresden-Loschwitz habe Schiller einen Trinkspruch ausbringen wollen. Er stieß dabei so heftig mit Minna an, dass das Glas zersprang und der Rotwein über das erstmals aufgelegte Damasttischtuch lief. Minna schrie vor Schreck. Schiller forderte nun eine Trankspende für die Götter. Gläser, in denen noch Wein war, wurden auf den Gartenboden geleert. Daraufhin rief Schiller: »Keine Trennung! Keiner allein! Sei uns ein gemeinsamer Untergang beschieden!«, und warf alle Gläser über die Gartenmauer, dass sie auf dem Steinpflaster zersprangen.

Minna erstand bei einem Goldschmied silberne Becher und ließ die Anfangsbuchstaben der Frühstücksbeteiligten eingravieren. Am nächsten Tag standen die Becher auf dem Tisch und hielten jedem noch so kräftigen Anstoßen stand.

Nasse Muse

In Dresden-Loschwitz hatte Schiller bei Körners ein Zimmer gleich neben der Küche, in welcher gebacken, gebraten und gesotten wurde, und, was für Schiller das Allerwiderwärtigste war, wo von Zeit zu Zeit vier Weiber am Waschfass standen und klatschten. Dort arbeitete Schiller, der Ruhe und Konzentration brauchte, unter Hochdruck an seinem »Don Carlos«. Im Gedicht »Bittschrift« beschrieb er zähneknirschend-humorvoll die geräuschvolle Wäscherei und endete mit: Der Teufel soll die Dichterei
beim Hemdenwaschen holen.

Er unterzeichnete die Denkschrift »an die weibliche Waschdeputation« mit: »Friedrich Schiller, Haus- und Wirtschaftsdichter, gegeben in unserer jammervollen Lage ohnweit dem Keller«.

Schwabenschabernack

Den Körners gegenüber offenbarte sich Schiller völlig. So gab er zu, wen die liebesdurstigen »Laura«-Gedichte eigentlich anbeteten: Luise Dorothea Vischer, eine in die Jahre gekommene Hauptmannswitwe. Schillers Freund Petersen schrieb über diese Dame, sie sei eine an Geist und Gestalt verwahrloste Mumie, und Schiller sei nie für das Erlesene gewesen: Krätzende Weine, schlechter Schnupftabak, garstige Weiber. Schiller dagegen meinte, sie habe einen ordentlichen Punsch gebraut und gut Klavier gespielt. Außerdem hätte doch jedermann merken müssen, dass die überschwänglichen Gedichte nicht so ernst zu nehmen wären, er hätte damit kein vernünftiges Mädchen zu einer Liebschaft überreden können. Schon gar keine Schwäbin.

Plörre

Zu den alten Schulden gesellten sich neue, Schiller liebte teure Weine, ausländischen Tabak, verlor Geld beim Kartenspiel. Ihm wurde nahegelegt, beim Kaffee zu sparen, »halb Kaffee und halb Möhren« zu trinken. Doch diese »Jammerbrühe« behagte ihm gar nicht.

Der Geist war willig

In Dresden saß Schiller dem berühmten Maler Anton Graff Modell. Graff klagte: »Das war ein unruhiger Geist, der hatte ... kein Sitzfleisch.« Schiller musste in einer Stellung verharren, »in welcher er sein Lebtag nicht gesessen, die aber von den Körnerschen Damen für sehr ausdrucksvoll erklärt wurde«. So entstand das am häufigsten reproduzierte Schiller-Bildnis, das einen in sich ruhenden Dichter zeigt.

Ertränkte Leidenschaft

Beim Maskenball traf Schiller der Blick zweier Augen. Die junge Frau, als Zigeunerin verkleidet, las in Schillers Hand und sagte ihm eine glänzende Zukunft voraus. Hinter der Maske steckte die neunzehnjährige Henriette von Arnim, die als schönste Frau Dresdens galt. Schiller war augenblicklich verloren. Er stürzte sich in neue Schulden, um ihr teure Geschenke zu machen. Er vernachlässigte seine Arbeit und seine Freunde.

Stand ein Licht in Henriettes Fenster, war sie nicht allein, sondern in Gesellschaft ihrer Mutter – glaubte Schiller, der nichts von den anderen Liebhabern wusste. Körner versuchte, den Liebeskranken zu heilen. Er schickte ihn nach Tharandt, in den »Gasthof zum Hirsch«. Hier beendete Schiller den »Don Carlos«.

Zu seinem Trost schickten die vier Freunde ausreichend englisches Bier.

Harte Abrechnung

Freunde und Freundschaft gehörten für Schiller unabdingbar zu einem glücklichen Leben. Aber er merkte auch, dass der Freundeskreis um Körner ihm keine neuen Impulse geben konnte. Beim Abschied aus Sachsen bilanzierte er seine bisher glücklichste Lebenszeit – mit einem Wermutstropfen: Die Sachsen seien immer so schlecht gelaunt, »ein seichtes, zusammengeschrumpftes, unleidliches Volk, bei dem es einem nie wohl wird«.

Goldesel

Schiller schrieb nur einen Roman, diesen nicht einmal zu Ende. Der Fortsetzungsroman »Der Geisterseher« war eine wilde Intrigen-Geschichte mit Alchemie, Seancen und ähnlichem Hokuspokus. Schiller ein Esoteriker? Magische Rituale, Tischwackelei und Geisterbeschwörung waren damals sehr in Mode. Schiller erkannte die Chance: »Soviel ist indessen gewiss, dass ich mir diesen Geschmack des Publikums zu Nutzen machen und so viel Geld davon ziehen werde, als nur immer möglich ist.«

Studienaufenthalt

Charlotte von Kalb, Schillers Freundin aus der Mannheimer Zeit, lockte den noch immer schwärmerisch verehrten Dichter 1787 nach Weimar, wo sie inzwischen wohnte. Schiller kam, sah sie nach zwei Jahren wieder und schrieb an Körner: »Sonderbar war es, dass ich mich schon in den ersten Stunden unseres Beisammenseins nicht anders fühlte, als hätt ich sie erst gestern verlassen. ... Charlotte ... ist ein wirkliches Studium für mich, die einem größeren Geist, als der meinige ist, zu schaffen geben kann. Mit jedem Fortschritt unsers Umgangs entdecke ich neue Erscheinungen in ihr, die mich wie schöne Partien in einer weiten Landschaft überraschen und entzücken.«

Achtung, Achtung!

Der eine Dichter (Goethe) war vor seiner Charlotte (von Stein) nach Italien geflohen, doch nun war ein anderer Dichter (Schiller) eingetroffen, dessen Verhältnis zu seiner Charlotte (von Kalb) schon nach acht Tagen »hier ziemlich laut zu werden« begann. Endlich wieder Klatsch und Tratsch in Weimars Gassen. Auch wenn Schiller glaubte, sein Verhältnis würde »mit sehr viel Achtung für uns beide behandelt«.

Gewachsen

Charlotte von Kalb führte Schiller am Weimarer »Musensitz« ein. An Körner berichtete er, in Weimar gäbe es nicht wenige »flache Creaturen«. Außerdem gestand er: »... die nähere Bekanntschaft mit diesen Weimarischen Riesen hat meine Meinung von mir selbst verbessert.«

Prekariat

Nach seinen unbefriedigenden Antrittsbesuchen bei Anna Amalia hatte sich Schillers »Vorrat an Toleranz« gegenüber dem höfischen Leben schnell erschöpft, und er wollte von »Ceremonienbesuchen« nichts mehr wissen, also ließ er sich gar nicht erst bei der regierenden Herzogin Luise melden. An Freund Huber in Dresden schrieb er, er wolle solch einen Besuch vermeiden, »da ich keine Garderobe habe, nach Hof zu gehen, da ich für diese Welt gar nicht gemacht bin, da ich als ein unbedeutender bürgerlicher Mensch unter dem Adel doch eine sehr prekäre Rolle spielen müsste, die meinem Stolze weh tun würde«.

Sklavendienst

Schiller musste Geld verdienen, schrieb zehn bis zwölf Stunden täglich, kam selten an die frische Luft und beklagte sich über das »jämmerliche Los, von der Feder zu leben, als Schriftsteller zu schanzen oder zu verhungern«. Er warnte seinen Freund Huber: »Der Himmel behüte Dich vor dem desparaten Einfall, Dich in die Schriftstellergaleere zu schmieden.«

Prost, Goethe!

Schiller wollte in Weimar so bald wie möglich Goethe, Herder und Wieland kennenlernen. Wieland und Herder hatte er bereits Besuche abgestattet. Zu

Goethes Geburtstagfeier erschien er in dessen Gartenhaus und schrieb darüber an Körner: »Wir fraßen herzhaft, und Goethens Gesundheit wurde von mir in Rheinwein getrunken. Schwerlich vermutete er in Italien, dass er mich unter seinen Hausgästen habe, aber das Schicksal fügt die Dinge gar wunderbar.«

Hoffnungsvoller Anfang

Am Abend des 6. Dezember 1787, auf dem Weg von Ilmenau nach Weimar, überredete Wilhelm von Wolzogen Schiller zu einem Abstecher nach Rudolstadt, um ihm seine »superklugen Cousinen« vorzustellen. Und dann standen sie sich gegenüber: Witwe Lengefeld, ihre beiden Töchter Caroline (verheiratet) und Charlotte (noch zu haben), Wolzogen (der Caroline verehrte) und Schiller (der dringend eine Frau zum Heiraten suchte).

Später am Abend, als die Mutter schon zu Bette war, saßen die vier jungen Leute noch lange beisammen. Schiller las aus seinem »Carlos« vor. Die Schwestern hingen an seinen Lippen. Alle beide.

Sächsin

Zum Haushalt der Lengefeld-Schwestern gehörte die Katze Toutou. Schiller, den einheimischen Dialekt im Ohr, aber noch ungebildet, was Übertragung ins Hochdeutsche betraf, notierte den Katzennamen: Dudu.

Lust-Frage

Nach seinem ersten Besuch in Rudolstadt berichtete Schiller an Körner über seine Bekanntschaft mit den Lengefeld-Töchtern: »Beide Geschöpfe sind, ohne schön zu sein, anziehend und gefallen mir sehr.« Und seiner mütterlichen Freundin Henriette von Wolzogen gestand er: »... mir selbst wurde so schwer, mich von diesen Leuten zu trennen, dass nur die dringendste Notwendigkeit mich nach Weimar ziehen konnte. Wahrscheinlich werde ich diese Nachbarschaft nicht unbenutzt lassen und, sobald ich auf einige Tage Lust habe, dort sein.«

Geld oder Liebe

Schiller, früher Arzt, stellte sich selbst eine Diagnose: Er müsse heiraten, noch vor seinem 30. Jahr. Ideal für sein »Heiratsprojekt« erschien ihm eine Frau wie Wielands Ehefrau, »hässlich wie die Nacht, aber brav wie Gold«. Er bat seinen Freund Körner, nach einer guten Partie auszuschauen. Seine Überlegungen gipfelten in zwei Möglichkeiten: »... entweder sehr viel Geld, oder lieber gar keines und desto mehr Vergnügen im Umgang.«

P(o)st!

Wieder ein Maskenball, wieder die Blicke einer Frau – wie schon in Dresden. Diesmal allerdings war es eine junge Frau, die nicht mit Schiller spielen wollte, sondern es ernst meinte: Charlotte von Lengefeld, die ein paar Wochen in Weimar verbrachte. Trafen sich die beiden in den nächsten Tagen, konnten sie sich immer einer guten Überwachung durch die Weimarer Gesellschaft, vor allem durch Charlotte von Kalb, sicher sein. So schickten sie einander Briefe, obwohl sie nur gute hundert Schritte voneinander entfernt wohnten.

Sonderangebot

Schiller bekam eine Offerte aus Schweinfurt: Man bot ihm eine Ratsherrenstelle mit leidlichem Gehalt, verbunden mit einer Frau von einigen tausend Talern, die »an Geistes- und äußerlichen Vorzügen« dem Dichter »nicht unwert« sei. Die Stelle sollte ihn wöchentlich nur zwei oder drei Stunden kosten. Schiller lehnte ab. Immerhin bereitete der Antrag ihm eine heitere Stunde.

Man nehme

Körner, selbst schriftstellernd, fragte in einem Brief, welche Ratschläge ihm Schiller für die Autorentätigkeit geben könne. Freund Friedrich verriet sein Rezept: »Man wähle zweckmäßig aus dem, was andere geliefert haben, und ordne es mit Scharfsinn, so hast Du immer Arbeit genug und selbst dankbare nützliche Arbeit.«

Schiller war während seines Sommeraufenthaltes in Rudolstadt der Mittelpunkt des geselligen Lebens. Allabendlich wurde reihum aus seiner Erzählung »Der Geisterseher« vorgelesen, der junge Erbprinz steuerte eine Zeichnung bei. Schiller kommentierte: »Er zeichnet für einen Prinzen ganz gut.«

Doch auch Schiller wurde Kultur geboten: Die Schwestern nahmen ihn mit zum Rudolstädter Vogelschießen – ein Volksfest, das vier Wochen andauerte. Der Schauspieler Anton Genast schrieb über das Fest: »Drollig anzusehen war es, wenn die fürstlichen Herren sich um eine Bratwurstbude stellten und dann jeder mit einer Wurst bewaffnet unter dem Publikum einherwandelte ...«

Beinarbeit

Schiller wohnte und arbeitete in Volkstedt, bis zu den Schwestern in Rudolstadt ungefähr eine halbe Stunde zu Fuß. Die gegenseitigen Sehnsüchte wurden brieflich festgehalten, ein Botenjunge damit losgeschickt. Es soll Tage gegeben haben, an denen der Bote die Strecke mehrmals laufen musste.

Katastrophentourismus

In Rudolstadt war selten etwas los, so dass Prinz Ludwig Friedrich gern mit Schiller, wenn der in der Stadt weilte, Umgang pflegte. Im Tagebuch vermerkte der Prinz am 17. Juli ein schweres, nächtliches Gewitter, bei dem der Blitz in den Stadtkirchenturm einschlug. Zwei Tage später kam Schiller nach Rudolstadt und ließ sich willig zur verwüsteten Kirche führen.

Schillers Anekdote

»Auch wallfahrte Herr Schiller als guter Geschichtsschreiber zu dem Grab der heldenmüthigen Catharina«, schrieb der Rudolstädter Prinz in sein Tagebuch. Die Vorfahrin des Prinzen hatte im Schmalkaldischen Krieg beherzt den spanischen Herzog von Alba auf dem Schloss eingesperrt, weil seine Soldaten entgegen allen Versprechungen die Stadt plünderten und das Vieh wegtrieben. Schiller las die ganze Geschichte in der Bibliothek des Kanzlers Ketelhodt nach und veröffentlichte sie als Anekdote in Wielands »Teutschem Merkur«. Begeistert war er besonders von Catharinas Drohung: Fürstenblut für Ochsenblut!

Spaßbremse

Charlotte und Caroline lockten Schiller mit Ausflügen und geselligen Abenden von seinem Schreibtisch fort. Einmal besuchten sie das Kirchweihfest in Cumbach. Charlotte tanzte ausgiebig mit anderen Männern. Schiller, eifersüchtig, verließ das Fest und verirrte sich. Am nächsten Tag schickte er ein Billett an die Tänzerin: »So haben Sie mir also den Ball wohlbehalten zurückgelegt. Es ist mir ordentlich lieb, dass er vorbei ist.« Und: »Wenn ich könnte, ... würde ich so ungerecht sein, und Sie allen anderen Menschen missgönnen.«

Undankbarer Meckerkopp

Die Bibliothek des Kanzlers Ketelhodt war ein bevorzugter Aufenthaltsort Schillers in Rudolstadt. An Körner schrieb er, er würde sie noch fleißiger besuchen, »wenn der Wirth zu vermeiden wäre«. Ketelhodt sei »eine monströse Composition von Geschäftsmann, Gelehrtem, Landjunker, Galanthomme und Antike.« Ketelhodt hatte von Schillers Lob der Bibliothek gehört, woraufhin der ein Souper bei ihm aushalten musste. Schiller meckerte auch über freigiebige Ketelhodtsche Weinlieferungen nach Volksstedt – trank den Wein allerdings.

Missglückter Kuppelversuch

Im September 1788 lud Charlotte von Lengefeld den aus Italien zurückgekehrten Goethe nach Rudolstadt ein, dazu Schiller und andere illustre Gäste. Wie zufällig legte sie eine Ausgabe des »Merkur« in Goethes Nähe, in der Schillers Gedicht »Die Götter Griechenlands« abgedruckt war. Goethe schnappte nach dem Köder, blätterte darin – und kam nicht mit Schiller ins Gespräch. Das Heft nahm er allerdings mit nach Weimar.

Am eigenen Leibe

In seiner Doktorarbeit hatte Schiller geschrieben: »Der Mensch ist nicht Seele und Körper, der Mensch ist die innigste Vermischung dieser beiden Substanzen.«

Mutter Lengefeld reiste mit beiden Töchtern nach Jena, um Carl Ludwig von Knebel, einen beharrlichen Verehrer Charlottes, zu besuchen. Schiller blieb in Rudolstadt zurück – geplagt von Eifersucht und Zahnschmerzen.

Unmoralisches Angebot

Schiller teilte brieflich mit, er hasse seine isolierte Existenz und brauche es für seine Glückseligkeit, sich »als den Teil eines andern Ganzen zu fühlen«. Er schwärmte: »Wir können einander das bisschen Leben und Dasein recht angenehm durchbringen helfen, das finde ich mit jedem Tag mehr ... Wie glücklich bin ich durch Ihren Umgang, und wie viel wird er mir mit jedem Tage.« Und weiter: »Ich wollte, dass ich Ihnen meine ganze Seele übertragen könnte.« – All das schrieb er der verheirateten Caroline.

Halbherzig

Freund Körner drängte Schiller zum Dichten, für eine Frau sei später noch Zeit. Schiller wiegelte ab: Mutter und Töchter Lengefeld seien ihm gleich lieb geworden, und er ihnen auch. »Es war recht gut getan, dass ich mich gleich auf einen vernünftigen Fuß gesetzt habe und einem ausschließlichen Verhältnis so glücklich ausgewichen bin. Es hätte mich um den besten Reiz dieser Gesellschaft gebracht.« Aber auch: »Ich habe meine Empfindungen durch Verteilung geschwächt, und so ist denn das Verhältnis innerhalb der Grenzen einer herzlichen vernünftigen Freundschaft.«

Raumübergreifend

Schillers Mietwohnung in Weimar war bescheiden: ein großes und zwei kleine Zimmer. Aber die genügten ihm. Er hatte »ein unaussprechliches Vergnügen« daran, »sich in möglichst kleinstem körperlichen Raum im Geiste auf der großen Erde herumzutummeln«.

Weggelobt

Regierungsrat Voigt sprach bei Schiller vor. Er fragte an, ob Schiller bereit wäre, eine Professur für Geschichte an der Jenaer Universität zu übernehmen. Voigts Vorgesetzter unterstützte diesen Vorschlag und legte ein »Gehorsamstes Promemoria« vor, das die charakterlichen Vorzüge Schillers und seine Eignung für diese Aufgabe darlegte.

Schiller erhielt die Stelle, die allerdings, zu seinem Entsetzen, unbezahlt war.

Voigts Vorgesetzter war Goethe.

Feste Stelle

Schiller, der keinen akademischen Grad besaß, wurde die Magisterwürde der Philosophischen Fakultät verliehen und in das Dozentenverzeichnis eingetragen. Stolz teilte er seinem Freund Zumsteeg mit, er könne ihn nun von der Liste der »literarischen Vagabunden« streichen.

Und den Schwestern Lengefeld schrieb er: »Hier lege ich auch ein Exemplar von meinem Diplom als Doctor Philosophiae bei, damit Sie doch auch etwas zu lachen haben, wenn Sie mich in einem so lateinischen Rocke erblicken.« Übrigens hätte ihn der ganze »Magisterquark« eine Menge Geld gekostet.

Lauffeuer

Die Antrittsvorlesung Schillers in Jena war hoffnungslos überlaufen. Mehrere hundert Studenten standen chancenlos draußen. Schiller erbat sich von Griesbach dessen Vorlesungssaal, den größten in Jena. Als die Verlegung der Vorlesung bekannt wurde, stürmten und drängten alle los, versuchten sich in den Gassen der Stadt zu überholen. Diese hektische, atemlose Massenbewegung versetzte die Jenaer Bürger in Angst. Jemand schrie: »Bei Griesbach ist Feuer!« Panik brach aus.

Jubellähmung

400 Studenten hörten gebannt der Antrittsvorlesung zu, obwohl Schiller eher eine Rede als einen wissenschaftlichen Vortrag hielt. Böse Jenaer Zungen behaupteten, die große Zuhörerzahl sei nur zweierlei geschuldet: Schiller habe nicht wie üblich »Hörgeld« kassiert, und die Vorlesung habe ja abends stattgefunden, also zu einer Zeit, zu der die anderen Professoren nie lasen.

Die Studenten begrüßten Schiller mit lautem Pochen und Füßestampfen. Am Ende der Vorlesung verharrten alle ehrfurchtsvoll – in völliger Stille.

Klartext

Im Sommer 1789 reger Briefwechsel zwischen Schiller und den Beulwitz-Lengefeld-Damen. Aber auch ein Brief an Körner: »Könntest Du mir innerhalb eines Jahres eine Frau von 12000 Thl. verschaffen, mit der ich leben, an die ich mich attachieren könnte, so wollte ich Dir in 5 Jahren eine Fridericiade, eine klassische Tragödie und weil Du doch so darauf versessen bist, ein halb Dutzend schöner Oden liefern – und die Academie in Jena möchte mich dann im Asch lecken.«

Gut Wetter

März 1789. Schiller beschwerte sich schriftlich bei Charlotte von Lengefeld über das Wetter. Andere, die es nicht wert seien, würden in lieblicherem Klima unter lachendem Himmel leben, er sei auf den schlechtesten Teil des Globus' verbannt. Dann tröstete er sich selbst, dass er nur auf thüringischer Erde die Freunde finden konnte, die er fand (wobei sicher eher Freundinnen gemeint waren), und dass er der Saale mehr zu danken habe als dem Ganges.

Mainachten

Hofrat von Beulwitz, Carolines Ehemann, brach im Mai 1789 mit den Söhnen des Rudolstädter Prinzen zu einer einjährigen Kavaliersreise auf. Die »sturmfreie Bude« wurde nicht genutzt, aber Schiller profitierte dennoch. Beulwitz schickte Ende Mai ein Päckchen mit Nürnberger Pfefferkuchen an Caroline, die das Präsent umgehend an Schiller in Jena weiterleitete.

Brautschau in Jena

Professor Schiller besuchte einen Ball, konnte dort eine »ziemliche Auswahl« möglicher Bräute in Augenschein nehmen, »worunter aber nichts auszeichnendes war«. So saß er lieber in der Ecke und spielte Karten, um später noch ärger über die Jenaer Damen herzuziehen: »Alles ist so alltägliche Ware und die Frauen besonders sind ein trauriges Geschlecht.«

Frauenheld

Im August trafen sich Schiller und die Lengefeld-Schwestern in Bad Lauchstädt. Caroline war es, die Schiller zu verstehen gab, er solle sich nun endlich mal entschließen. Charlotte würde warten. Schiller scheute die direkte Anfrage und reiste gen Leipzig ab. Aus sicherer Entfernung äußerte er sich schriftlich mit viel Überschwang. Somit waren Charlotte und Friedrich verlobt.

Im Doppelpack

Kaum war die Verlobung mit Charlotte abgemachte Sache, schrieb Schiller an die zukünftige Schwägerin Caroline: »Wir haben einander gefunden, wie wir für einander nur geschaffen gewesen sind. In mir lebt kein Wunsch, den meine Caroline und Lotte nicht unerschöpflich befriedigen können.«

Caroline hatte schon als Elfjährige in ihr Tagebuch notiert: »Ich bin noch in der Jugend meiner Jahre, kaum bin ich wie eine Rose aufgesprossen, bald werde ich blühen und nachher verwelken. Was bleibt mir dann übrig, wenn ich tugendhaft bin?«

So viel Heimlichkeit

Die Verlobung wurde verheimlicht. Schiller wollte es sich nicht mit der anderen Charlotte verscherzen. Und die Lengefeld-Schwestern wollten ihrer Mutter »unnöthige Sorgen« ersparen. Warum das alles? Der berühmte Dichter war mittellos. Man setzte Hoffnungen auf den Weimarer Herzog. Geheimhaltung war angesagt, bis Schiller eines kleinen Festgehalts gewiss sein würde.

Varianten

Nach der Verlobung schrieb Schiller viele Liebesbriefe an Charlotte ... und an Caroline! Der Einfachheit halber auch an beide. Die Schwestern schrieben fleißig in Liebe zurück. Carolines Liebesbriefe an Friedrich sind größtenteils nicht erhalten. Schillers Tochter Emilie soll sie vernichtet haben, damit der Dichterfürst post mortem moralisch glänze.

Und es gab eine weitere Sorte von Post an die Schwestern, in der er beide siezte – vorzeigbar bei Mutter Lengefeld. Sogenannte »sehbare« Briefe.

Eigene Religion

Schiller schrieb den beiden Schwestern: »Die Mohammedaner kehren, wenn sie beten, ihr Gesicht nach Mekka, ich werde mir einen Katheder anschaffen, wo ich das meinige gegen Rudolstadt wenden kann, denn dort ist meine Religion und mein Prophet.«

Flotter Dreier

Schiller genoss weiter die Verehrung der beiden Schwestern. Caroline war wohl die Treibende in diesem triebhaften Dreiecksverhältnis. Aber nicht sie, sondern »Lolochen«, die jüngere Schwester Charlotte, wurde Schillers Frau. Sie schrieb ihm: »Der Gedanke, zu Ihrem Glück beitragen zu können, steht hell und glänzend vor meiner Seele.«

Caroline verfasste später eine Schiller-Biografie, in der sie viel aus Briefen zitierte. Allerdings meinte sie, ihren Schwager nach seinem Tod vor übler Nachrede schützen zu müssen. So fälschte sie die Anrede »Liebste Caroline« zu »Theure Lotte« und machte zum Beispiel aus einer Schillerschen Bestellung von »4 Pfund Maroccoschnupftobak« 1 Pfund.

Beruhigend

Lotte wollte ihren Verlobten nicht mit der Schwester teilen und mutmaßte, seine Zuneigung gelte eher der Schwester als ihr. Schiller beruhigte sie: »Unsere Liebe braucht keiner Ängstlichkeit, keiner Wachsamkeit, ... wie könnte ich meiner eigenen Seele immer mächtig genug bleiben, wenn meine Gefühle für euch beide, für jedes von euch, nicht die süße Sicherheit hätten, dass ich dem Andern nicht entziehe, was ich dem Einen bin. Frei und sicher bewegt sich meine Seele unter euch – und immer liebevoller kommt sie von einem zu dem andern zurücke ...«

Herzensangelegenheit

Obwohl Lotte sich – zum Bedauern ihrer Mutter – nie für ihren zwanzig Jahre älteren Verehrer Knebel interessierte, war Schiller auf ihn eifersüchtig. Knebel plante eine lange Auslandsreise und gab ein Abschiedsfest, bei dem auch Lotte zugegen sein musste. Schiller schrieb seiner Verlobten: »Den Abschied von dem lieben Mann wirst Du nun überstanden haben, liebe Lotte, und die Augen getrocknet. Wenn Dein Herz nur nicht auch in dem großen Koffer begriffen ist, so ist alles gut. Aber Du kannst Dir denken, wie mir zumute sein mag. Hier in Jena sitzen und Studenten die Ohren vollschreien zu müssen und indessen den furchtbaren Herzensfessler bei Dir zu wissen.«

Charlotte reagierte mit Ironie: »Du hast nicht ganz unrecht, Dich vor dem Herzensfessler zu fürchten, wie leicht kann auch meines zu den tausend Herzen dazu kommen, die er mit sich fortträgt.«

Knebelung

Das Geheimnis, dass Schiller und Lotte heiraten wollten, sprach sich schnell herum. Lotte erhielt einen anonymen Brief, in dem ihr geraten wurde, sich nicht durch eine Heirat mit Schiller lächerlich zu machen: »Überhaupt findet man im Umgang mit Dichtern kein Glück, indem sie alle, einer mehr, einer weniger, Phantasten sind und vom wahren Glück des Lebens weit entfernt. Jagen Sie nicht so nach Poeten, sondern bilden Sie sich lieber zu einer guten Hausfrau, denn es gibt wenige Männer, die dergleichen Weiber ernähren können.«

Die beiden rätselten, von wem dieser Brief stammen könnte. Einzige Vermutung: Knebel.

Unpässlich

Kurz vor der geplanten Hochzeit schrieb Schiller den Schwestern: »Noch vier Tage und ich bin in eurer Mitte.« Und außerdem: »Ich werde den Schnupfen wohl aus dem ledigen Stand in den Ehestand mit hinein nehmen, wie der Anschein ist. Jetzt plagt mich ein böser Hals und ein Husten, und ich medicinire, damit ich doch wenigstens auf den Freitag leidlich sprechen kann, denn jetzt wird mir die Stimme wirklich schwer.«

Stilles Fest

Am 20. Februar 1790 heiratete Schiller in der kleinen Kirche von Wenigenjena Charlotte von Lengefeld. Nur Schwester Caroline und die Mutter der beiden Damen waren als Gäste anwesend.

Schiller hatte erklärt, ihn schrecke am Heiraten vor allem die Hochzeitsfeier, auch aus finanziellen Gründen. Mutter Lengefeld war die Sache ohnehin peinlich, da sie ihre adlige Tochter einem Bürgerlichen überließ. So saß man abends zu viert in aller Ruhe nett plaudernd bei einer Tasse Tee zusammen.

Lottes Schatz

Der Rudolstädter Oberforstmeister Schönfeldt sagte zu Wilhelm von Humboldt: »Wissen Sie wohl, Fräulein Lengefeld tut eine empfindsame Heirat. Es ist ein Jenaischer Professor. Er macht Verse und ist Alchimist.« Humboldt wünschte daraufhin Charlotte von Lengefeld viel Glück zu dem Gold, das ihr Freier machen würde.

Kuscheltier

Schillers Vater schrieb Glückwünsche zur Hochzeit an seinen Fritz. Jungehefrau Charlotte machte sich lustig und schwor, nie »Fritz« über die Zunge zu bringen. Sie blieb bei der ehrfurchtsvollen Anrede »Schiller«. Andersherum stellte Friedrich fest, dass seine Frau, die auf viele Kosenamen hörte – unter anderem Lottchen, Lolo, Lologen – eigentlich drei Namen hatte. Diese gefielen ihm so gut, dass er sie künftig Charlotte Luise Antoinette rufen würde. Heimlich nannte er sie – Maus.

Drei Kreuze

»Wenn jeder Mensch alle Menschen liebte, so besäße jeder Einzelne die Welt«, schrieb Schiller in seinen »Philosophischen Briefen«. Im wahren Leben musste Schiller die letzten zarten Bande zu Charlotte von Kalb lösen. Die einst so geliebte Kalb wurde in der Korrespondenz der Eheleute Schiller zur

Unperson. Lolo verdächtigte sie der Intrige, des Briefraubes und fürchtete, wenn man im heißblütigen Italien leben würde, hätte sie den Kalbschen Dolch schon in der Brust stecken. Schiller machte daraufhin anstelle Charlotte von Kalbs Namen in seinen Briefen nur noch drei Kreuze.

Mordgedanken

Bei den ersten Begegnungen mit Goethe empfand Schiller Kälte und Blasiertheit und meinte sogar, er wisse nun, was Brutus und Cassius vor dem Mord an Cäsar gefühlt hätten. »Öfters um Goethe zu sein, würde mich unglücklich machen. Ich glaube in der Tat, er ist ein Egoist in ungewöhnlichem Grade. Er macht seine Existenz wohltätig kund, aber nur wie ein Gott, ohne sich selbst zu geben – dies scheint mir eine Handlungsart, die ganz auf den höchsten Genuss der Eigenliebe kalkuliert ist.«

Verfluchter Goethe

An Körner schrieb Schiller, dass die Menschen ein solches Wesen – gemeint war Goethe – nicht heraufkommen lassen sollten. »Mir ist er dadurch verhasst, ob ich gleich seinen Geist von ganzem Herzen liebe und groß von ihm denke.« Dieser Goethe sei ihm immer im Wege und erinnere ihn daran, dass manche vom Schicksal getragen würden, er, Schiller, hingegen müsse bis auf diese Minute noch kämpfen.

Kein Tanzbein

Schillers junge Ehefrau »zeichnet viel und befleißigt sich sehr aufs Singen«, schrieb Schiller im November 1790. Und sie tanzte gern, im Gegensatz zu Schiller, der zwar auf der Karlsschule neben dem Marschieren und Exerzieren auch das Tanzen gelernt hatte. »... ich weiß nicht, wo ich mich hintun werde, wenn die Jugend tanzt«, barmte er. Und empfing seine junge Frau morgens um drei Uhr mit frostiger Miene, wenn sie allein vom Tanzvergnügen nach Hause kam.

Charlotte nahm den Verweis sanft auf und schwieg.

Dilettant

Nach der überfüllten Jenaer Antrittsvorlesung ließ der Zulauf von Studenten zu Schillers Vorlesungen merklich nach, was sich auch finanziell bemerkbar machte, weil dadurch weniger Kolleggelder hereinkamen. Ein Zuhörer berichtete einem Freund: »Ich will Dir Deine Vorstellung nicht rauben, die Du Dir von dem Mann machst. Doch es ist weit besser, ihn zu lesen, als zu hören. Ein feiner, wohlgebildeter Mann. Was er liest, ist vortrefflich, doch wie er liest – ein unausstehlicher Dialekt, eine oft überaus falsche Deklamation, eine unangenehme Ausrede ... Er wird wohl nicht lange bleiben.«

Kindsköpfe

Trotz angeschlagener Gesundheit, trotz knapper Finanzen und billiger Kost hatte Schiller in seinem Jenaer Quartier, der »Schrammei«, gern Gesellschaft um sich. Es wurde gespielt, getrunken, geredet, gelacht.

Einmal erzählte Dauergast Ludwig Friedrich Göritz, er sei als Kind infolge der Blattern hässlich entstellt gewesen. Seine Eltern hätten deswegen die Geschwister vorgezogen und die Nachbarskinder ihm immer die Zunge herausgestreckt, worunter er besonders litt. Als Göritz das nächste Mal zu Tische kam, streckte die fröhliche Runde mit Schiller an der Spitze ihm die Zunge heraus.

Neue Lust

In der Korrespondenz mit seinem Freund Körner sparte Schiller auch die privaten Veränderungen nicht aus. Er stellte erstaunt fest: »Seitdem ich eine Frau habe, kupple ich gerne.«

Dem Gleichen gleich

Karl Gotthard Graß, ein baltischer Maler, studierte in Jena Geschichte bei Schiller und hatte auch freundlichen Umgang mit dessen Familie. Im Sommer 1791 verabschiedete er sich schriftlich bei seinem Professor, mit herzlichen Grüßen an Schwiegermutter, Frau Charlotte und Schwägerin Caroline: »Es war mir oft als ob ... Sie, wie der alte Graf von Gleichen, laut der Sage, zwey Frauen hätten.«

Herzogliche Medizin

Wiederholt erkrankte Schiller und musste das Bett hüten. Er wurde von seiner Frau und seiner Schwägerin Caroline gepflegt, die Nachtwache übernahmen oft Freunde und Studenten. Unter anderem der Philosophiestudent Friedrich von Hardenberg, der sich als Dichter später Novalis nannte. Schiller, medizinisch ausgebildet, überprüfte alle verordnete Arznei äußerst skeptisch.

Nicht so die Medizin, die Herzog Karl August ihm schickte, als er von der schweren Erkrankung erfuhr: sechs Flaschen Madeira.

Verfrühte Totenfeier

Im Sommer 1791 meldete die »Oberdeutsche allgemeine Literaturzeitung« aus Jena: »Der Liebling der deutschen Musen, Hofrat Schiller, ist hier gestorben.«

Diese Nachricht ereilte dänische Schiller-Verehrer um den Dichter Jens Baggesen. Der beschrieb in einem Brief an Schillers Schwager Reinwald die drei Tage dauernden Gedenkfeierlichkeiten des dänischen Freundeskreises »am donnerrollenden Nordmeer«: Champagner und Tränen flossen. Klarinetten, Hörner und Flöten begleiteten den Gesang der Ode »An die Freude«. Weißgewandete Knaben und unschuldige Mädchen mit Blumenkränzen im Haar tanzten als Hirten und Hirtinnen. Es war sehr ergreifend.

Die Todesnachricht stellte sich als »Ente« heraus. Daraufhin regte Baggesen an, dem geldknappen Schiller unter die Arme zu greifen.

Als Verneigung vor dem Genius und mit der Bitte um Freundschaft überwiesen Prinz Friedrich Christian von Schleswig-Holstein-Augustenburg und der dänische Finanzminister Graf von Schimmelmann drei Jahre lang je 1000 Taler.

Galettianer

Johann Georg August Galetti war Gymnasialprofessor in Gotha. Schiller nannte ihn den langweiligsten und geistlosesten Historiker, den er kenne. Dabei hatte Galetti in professoraler Zerstreutheit so wunderbare Sätze formuliert wie: »Nach der Schlacht von Leipzig sah man Pferde, denen drei, vier und mehr Beine abgeschossen waren, herrenlos herumlaufen.«

Von eben jenem Galetti erhielt Schiller einen Brief, worin stand, Schillers Geschichtsabhandlungen seien zwar in ziemlich gebildeter Sprache verfasst, die Fakten aber alle falsch. Es folgte der Vorschlag, ab sofort gemeinsam die Geschichte aufzuschreiben, Galetti als Faktengeber, Schiller als vorzüglicher Formulierungskünstler.

»Verfluchter Kerl!«, soll Schiller gewettert haben, als er den Brief las und im Freundeskreise davon erzählte. Besonders hatte ihn geärgert, dass »Verstand und Phantasie in schönstem Bunde« etwas liefern würden, was Vollkommenheit erreichen könnte. Die Freunde lächelten still. Sie kannten die Formulierungen. Sie hatten ja den Galetti-Brief eigenhändig geschrieben.

Retourkutsche

Die Freunde wollten Schiller einen noch derberen Streich spielen. Diesmal war es ein Brief aus Erfurt, in dem stand, dass sich die dortige Universität anlässlich ihres Jubiläums zu schmücken wünsche, indem sie gedenke, ihm, dem studierten Mediziner, die Ehrendoktorwürde zu verleihen. Nur der Zusendung einer kurzen medizinischen Abhandlung bedürfe es, dann stünde der Ehrung nichts mehr im Wege. Etliche Tage lang träumte Schiller davon, nun doch noch Doktor der Medizin zu werden, er malte sich aus, wie stolz sein Vater auf ihn sein würde. So übersah er alle vorsichtigen Versuche der Freunde, das Ganze als Scherz zu enttarnen.

Eines Mittags fragte ein Freund zufällig nach Schillers Diener, den er vermisste. Lotte Schiller erklärte, der sei unterwegs nach Erfurt, mit Post wegen der Doktorsangelegenheit.

Um Schillers Brief abzufangen und so die peinliche Situation vielleicht noch im letzten Moment aus der Welt zu schaffen, wurde einer der Freunde ausgelost, der sich aufs Pferd schwingen und nach Erfurt reisen musste – wo er nun seinerseits erfuhr, dass es diesen Brief gar nicht gab.

Saufbrüder und Schwestern

Wenn Schiller nach einer seiner häufigen Krankheiten genesen war, sahen Freunde immer einen willkommenen Anlass zum Feiern. Einmal wurde sehr ausgiebig gefeiert. Alle sprachen den reichlich vorhandenen Getränken zu, und es kam zu einer allgemeinen Verbrüderung, die sich auch auf die anwesenden Frauen von Wolzogen und Stein ausdehnte. Alle waren plötzlich per Du und das gern, ausgiebig und bis zum Abschied.

Am nächsten Tag gingen die Beteiligten jedoch, ganz unabgesprochen, wieder zum hochachtungsvolleren »Sie« über.

Abgeworfener Reiter

In einem Gasthaus vor den Toren Dresdens saß »eine hohe magere Gestalt, das bleiche Gesicht mit der königlich leuchtenden Stirn von der Umgebung abgewendet, das große stillbrennende Auge dem Fenster zugekehrt«. So erzählte es der Weimarer Garteninspektor Weise, der auch in jenem Gasthaus saß. Niemand, auch er nicht, kannte diese »Gestalt«.

Ein Reitpferd, das herrenlos in der Gegend herumgetrabt war, wurde herangeführt. »Es wird das Meinige sein«, sagte der große Fremde. Er sagte es auf eine die Gemüter bannende Weise, erzählte der Weimarer Gast, dass niemand zu lachen wagte. Für ihn war es die beeindruckende erste Begegnung mit Friedrich Schiller.

In einem gesunden Körper ...

Ein junger Theologe reiste auf Schusters Rappen durch Thüringen. Er wollte Schiller in Jena besuchen, um ihm seine tiefe Verehrung zu bezeugen. Man wies gleichgültig auf eine Tür, der Kirchenmann war verstimmt, erwartete er doch Scharen von Leuten, die um Schiller herum demselben ununterbrochen zu Füßen lagen.

Er klopfte. Eine quäkende Stimme bat herein. In der Stube drei Männer beim Kartenspiel. Zwei entfernten sich, als nach Schiller gefragt wurde. Der Verbliebene stand da – wie der Besucher beschrieb –, lang, schlaffer Körper, nach innen gebogene Knie, ein mattes Auge mit unstetem Blick, ausdrucksloses Gesicht, dazu rötliches Haar. Der Besucher stotterte herum und suchte schnell das Weite.

Später notierte er: »Ehre sei Schillers herrlichem Geist! Nur dieser ist Schiller, nicht sein Leib!«

Französisch

Die französische Nationalversammlung beschloss, Ausländern, die die Ziele der Revolution unterstützten, das Bürgerrecht zu verleihen. »Die Räuber« wurden wegen ihres aufrührerischen Geistes auch in Frankreich sehr geschätzt, und darum ernannte man Schiller 1792 zum Ehren-Franzosen. Erst sechs Jahre später erhielt er die Urkunde, da sein Name falsch geschrieben war: Monsieur Gille.

Goethe reagierte sarkastisch, Karl August noch Jahre später verärgert, als Schiller, 1802 geadelt, nun im Adelskalender stand unter: Herr Doktor Friedrich Schiller, Bürger von Frankreich, Herzoglich Großmeiningischer Hofrat.

Rätselhafte Krankheit

Den Winter über war Schiller wieder so krank, dass er kaum mehr als fünfmal ins Freie kam. Seine Frau Charlotte kümmerte sich aufopfernd um ihn. Doch als das Frühjahr begann, litt auch sie an einer unerklärlichen Krankheit. Sie kämpfte mit morgendlicher Übelkeit, war schnell erschöpft und wurde zunehmend dicker. Weder der Mediziner Schiller noch der Hausarzt Johann Christian Stark wussten die Symptome zu deuten. Erst im siebenten Monat klärte sich das rätselhafte Leiden auf: als ganz normale Schwangerschaft.

Cleverle

Ein Jenaer Freund Schillers beschrieb in einem Brief an Körner Schillers Reisevorbereitungen. Der Dichter sei geradezu kindlich-naiv an das Reisen herangegangen. Er reiste meist mit viel Gepäck, was Fuhrleute und Frachtkärrner zu Schimpftiraden und Grobheiten veranlasste, die meist darin gipfelten, dass wegen der großen Gepäckmenge von größeren Schwierigkeiten gesprochen wurde, was wiederum eine noch größere Menge Fahrgeld erfordere. Schiller stand immer fröhlich da und machte keine Anstalten, mehr zu zahlen. Im Gegenteil, er hatte immer Vorschläge zur Lösung des Gepäckproblems parat. Er diskutierte so lange, bis die Transporteure entnervt einlenkten.

Teure Heimat

Charlotte war hochschwanger. Schiller wollte seinem Kind »ein bessres Vaterland ... verschaffen«, als Thüringen es in seinen Augen war. Also reiste das Ehepaar Schiller Richtung Württemberg. Zugleich meinte Schiller, diesen Besuch seinem Vater schuldig zu sein. Er hatte ihn seit seiner Flucht vor elf Jahren nicht mehr gesehen.

Bald schon beklagte er sich über das teure Leben; Wohnung, Lebensmittel, Feuerholz – alles verlange mehr Geld als in Jena. Einzig der Neckarwein stimmte Schiller versöhnlich: »... so trinke ich doch für dasselbe Geld noch einmal soviel Wein als in Thüringen, und zwar vortrefflichen.«

Verschlafen

Vier Wochen blieb Schiller mit seiner Frau zunächst vorsichtshalber in der Freien Reichsstadt Heilbronn, denn noch immer wusste er nicht, wie sein früherer Landesvater Carl Eugen auf ihn, den Fahnenflüchtigen, reagieren würde. Schließlich zogen sie doch nach Ludwigsburg um. Sechs Tage später, am 14.9.1793, setzten bei Charlotte die Wehen ein. Wilhelm von Hoven, Arzt und Geburtshelfer, und dessen Frau umsorgten die Gebärende und leisteten allen nur erdenklichen Beistand.

Schiller dagegen verschlief die Geburt.

Erstlingswerk

Schiller vermeldete in Briefen die Geburt eines großen, starken, gesunden und munteren Sohnes, »der mir als der Erstling meiner Autorenschaft in diesem Fache unendlich willkommen ist«. Sofort schmiedete er Pläne: »Soviel an mir liegt, soll er ein Federheld werden, damit er den zweiten Teil zu den Werken schreiben kann, die sein Vater anfing, und wenn Gott will, noch anfangen wird.«

Gemischte Gefühle

Schillers Sorge, seine Flucht vor elf Jahren könnte noch immer Sanktionen seines einstigen Landesvaters nach sich ziehen, war unbegründet. Carl Eugen ignorierte ihn und schwieg. Schwieg schon bald nach Schillers Ankunft in Ludwigsburg für immer. Den pompösen Leichenzug im Fackelschein konnte Schiller vom Fenster seiner Wohnung aus verfolgen.

Schillers Schwester Christophine notierte dreißig Jahre nach dem Ereignis: »... die Tränen stunden ihm in den Augen«. Schiller selbst schrieb kurze Zeit, nachdem der Tod seinem früheren Landesvater jede Chance genommen hatte, den Deserteur Schiller zu rehabilitieren, an Körner: »Der Tod des Herodes hat weder auf mich noch auf meine Familie Einfluss.«

Beliebter Pädagoge

Schiller half seinem alten Ludwigsburger Lehrer ein wenig aus, indem er einige Stunden in den Fächern Rhetorik, Logik und Geschichte gab. Was laut Lehrplan zu unterrichten gewesen wäre, scheint ihn aber nicht sonderlich interessiert zu haben. Auf der Straße umringten ihn die Schüler und bettelten: »Oh, Herr Schiller, verzählet Se uns au wieder a Geschichtle?!«

Kirchenfürstliche Todesart

Karl Theodor Anton Maria von Dalberg, damals Mainzer Statthalter in Erfurt und Koadjutor von Konstanz und Mainz, also designierter Nachfolger des Bischofs beziehungsweise Erzbischofs, versprach, Schiller in seine Dienste zu nehmen, wenn er einen der hohen Kirchenposten antreten würde. Schiller beschwerte sich bei seinem Freund Wilhelm von Hoven, die Kirchenmänner seien steinalt, aber keiner denke ans Sterben. Und dann konkretisierte er seine Kritik: »Aber das große Übel bei diesen Herren ist, dass sie nichts denken: Käme nur eine einzige Idee in den Kopf des betagten Bischofs, so würde es die Organisation seines Gehirns nicht aushalten, er müsste plötzlich an einem Schlagfluss dahinfahren.«

Erlösung

Von Hoven reiste mit Schiller nach Tübingen, um ihren gemeinsamen Lehrer, Professor Abel, zu besuchen. Unterwegs aßen sie zu Mittag in einem Gasthof in Waldenbuch. Das Essen war sehr gut, aber der Wirt stand ehrerbietig zur Salzsäule erstarrt neben seinen speisenden Gästen. Dann schien er doch zur Konversation beitragen zu wollen, sagte aber nur, dass am Morgen seine alte Mutter begraben worden sei. Schiller ergriff die Gelegenheit, den so ungeselligen Gesellschafter loszuwerden, und sagte: »Genieren Sie sich doch ja nicht vor uns, wir nehmen teil an Ihrem Verlust und fühlen, wie nahe er Ihnen geht, darum begeben Sie sich sogleich in Ihr Kämmerlein, und weinen Sie sich aus. Wir werden mit dem Essen schon selber zurechtkommen.«

Der Wirt entfernte sich.

Alles fürs Kind

Ein Besucher ertappte Schiller dabei, dass er im Garten Ostereier versteckte, »die er selbst nach dem Herkommen des Elternhauses gefärbt hatte«. Dies tat er, wie er erklärte, für seinen Sohn Karl Friedrich – der allerdings erst ein halbes Jahr alt war.

Wage es

Vom griechischen Dichter Horaz stammt der Spruch »Sapere aude!« – Wage es, weise zu sein! Immanuel Kant machte diese Aufforderung zum Wahlspruch der Aufklärung und übersetzte: »Habe Mut, dich deines eigenen Verstandes zu bedienen!« Schiller meinte dagegen, die Begeisterung, das Brennen für eine Sache, sei wichtiger und schrieb: »Erkühne dich, weise zu sein!«

Zartes Pflänzchen

Goethe trug unter der Überschrift »Glückliches Ereigniß« selbst die Anekdote bei, die den Anfangspunkt und -grund der fast elfjährigen Freundschaft bis zu Schillers Tod klar festlegt.

Am 20. Juli 1794 fand im Haus des Jenaer Mediziners und Botanikers Karl Batsch eine Disputation der »Naturforschenden Gesellschaft« statt. Schiller und Goethe verließen zufällig zur gleichen Zeit die Tagung, kamen in ein Gespräch über das eben Gehörte, Schiller kritisierte, Goethe stimmte zu, der Gesprächsfaden wurde weitergesponnen, bis beide, ins Gespräch vertieft, vor Schillers Haus angelangt waren. Schiller bat Goethe herein, der begrüßte Schillers Frau, die er schon seit ihrer Kindheit kannte. Kaum saßen Goethe und Schiller, wurde der Disput fortgesetzt. Goethe dozierte über die Metamorphose von Pflanzen, zeichnete dazu eine »symbolische Pflanze«. Schiller sagte anschließend: »Das ist keine Erfahrung, das ist eine Idee.« Goethe stutzte verdrießlich, denn damit sei der trennende Punkt zwischen ihm und Schiller »aufs Strengste bezeichnet« worden. Und er versetzte: »Das kann mir sehr lieb sein, dass ich Ideen habe, ohne es zu wissen – und sie sogar mit Augen sehe.«

Der Beginn einer wunderbaren Freundschaft.

Tiefstapler

Schiller und Goethe wurden trotz anfänglicher Abneigung Freunde, zwei Dichter, die sich gegenseitig zu neuen Werken trieben. Vielleicht ging es so gut, weil Schiller sein Licht etwas unter Goethes Scheffel stellte: »Sie bestreben sich, Ihre große Ideenwelt zu simplifizieren, ich suche Varietät für meine kleinen Besitzungen. Sie haben ein Königreich zu regieren, ich nur eine etwas zahlreiche Familie von Begriffen, die ich herzlich gern zu einer kleinen Welt erweitern möchte.«

Kleine Bitte

Goethe lud Schiller zu einem längeren Aufenthalt nach Weimar ein. Schiller bedankte sich wortreich und überschwänglich, schrieb auch, dass er allerdings nie wisse, wann ihn seine Krämpfe schütteln würden, und schloss mit dem Satz: »Ich bitte bloß um die leidige Freiheit, bei Ihnen krank sein zu dürfen.«

Die Macht eines Buchstabens

Lange hatte Goethe seine »Erotica Romana«, nachdem Karl August vehement gegen eine Veröffentlichung plädierte, unter Verschluss gehalten. Nun las er sie Schiller vor. Der fand sie »zwar schlüpfrig und nicht sehr dezent«, zählte sie aber zu den besten Sachen, die Goethe je geschrieben hatte. Im Sommer 1795 veröffentlichte Schiller diese Verse, die später »Römische Elegien« genannt wurden, in den »Horen«, einer von ihm herausgegebenen Literaturzeitschrift.

Skandal! Kritik des Herzogs an Schiller. Und an Goethe. Gymnasialdirektor Böttiger meinte, »alle ehrbaren Frauen« in Weimar seien »über die bordellmäßige Nacktheit« empört gewesen. Herder schlug vor, die »Horen« umzubenennen und fürderhin mit einem u zu drucken.

Hip-Hop-Schwabe

In den »Horen« veröffentlichte Schiller sein Gedicht »Reich der Schatten«. Ein Dichterkollege strich ihm die Reimpaare »Sklave-Schlafe« und »Nerve – unterwerfe« an. Schiller beschwerte sich, er könne in der Aussprache keine Verschiedenheit erkennen, und für das Auge brauche der Reim ja nicht zu sein.

Jungbrunnen

Nach seiner Italienreise durchlief Goethe eine lange schöpferische Talsohle. Pegasus lahmte beträchtlich. Die Diskussionen mit Schiller, der rege Austausch von Gedanken, Büchern und Manuskripten regte auch Goethes Schaffen wieder an. »Sie haben mir eine zweite Jugend verschafft«, bedankte er sich bei Schiller, »und mich wieder zum Dichter gemacht.«

Arbeitstherapie

Schiller war krankheitsbedingt oft ans Haus gefesselt (»... meine Türschwelle ist wieder die alte Grenze meiner Wünsche und meiner Wanderschaft«). Und oft war ihm die Arbeit das sicherste Mittel, für den Augenblick seinen Beschwerden zu widerstehen. Ein Bekannter stellte fest, dass Schillers Krämpfe und Erstickungsanfälle aufhörten, wenn man ihm einen Satz hinwarf, den er »auffasst, zerlegt und wieder zusammensetzt, so verlässt ihn sein Übel, um sogleich wiederzukommen, wenn an dem Satz nichts mehr zu erörtern übrig ist.«

Das andere Gesicht

Von den fünf Kindern Goethes mit Christiane Vulpius überlebte nur August, der Erstgeborene. Im Oktober 1795 starb das vierte Kind. Schiller sagte, in dieser Zeit habe er hinter die geheimrätliche Maske geblickt und sei überwältigt gewesen, welche Wärme Goethe ausstrahlen konnte. In guten Zeiten hat Schiller sich aber oft über die wilde Ehe Goethe-Vulpius lustig gemacht und mit Spott nicht gegeizt.

Gegensätze ziehen sich an

Schiller beschrieb seine Arbeitsweise einmal mit dem Wort »herauspumpen« und meinte damit, dass er Kunst aus sich, aus seiner Phantasie schuf. Er musste nicht an die Schauplätze seiner Dramen reisen, er holte sich die Schauplätze ins Haus. Wunderlich fand er es, sich Goethe »so in die Welt hineingeworfen« vorzustellen, während er zwischen papiernen Fensterscheiben saß und auch nur Papier vor sich hatte. Und – Gipfel des Wunders – »dass wir uns doch nahe sein und einander verstehen können«.

Handfeste Kunst

Der »Bauchmensch« Goethe lernte vom gebildeten Kantianer und Kunsttheoretiker Schiller und umgekehrt. Was Schiller vormals an Goethe störte, war dessen sinnliche Vorstellungsart, er würde zuviel »betasten«. 1795 meinte Schiller, nun sei es hohe Zeit, für eine Weile die philosophische Bude zu schließen. »Das Herz schmachtet nach einem betastlichen Objekt.«

Fremdsprache

Schiller veröffentlichte in den »Horen« seine Briefe »Über die ästhetische Erziehung des Menschen« – und wurde heftig dafür kritisiert: Platte Nachahmung Kants, terminologische Unsauberkeit, mangelnde Konsequenz der philosophischen Methodik, unzulässige Verbindung abstrakter Begrifflichkeit und bildhafter Sprachelemente, dunkle Terminologie!

Ein Kritiker forderte die Übersetzung der Texte ins Deutsche.

Kleine Stichelei

Goethe, häufig und ausgiebig Gast im Hause Schiller, brachte Charlotte ein Geschenk aus Karlsbad mit: ein Nadel-Briefchen. Schiller schrieb dem edlen Schenker: »Meine Frau wünscht zu erfahren, ob die Nadeln ... Symbole von Gewissensbissen vorstellen sollen.«

Junger Wilder

Schiller richtete Goethes »Egmont« für die Weimarer Bühne ein. Iffland inszenierte. Die Aufführung war ein Erfolg, aber Goethe zeigte sich noch Jahre später verärgert. Schiller sei bei seiner Bearbeitung des »Egmont« grausam verfahren, sagte er zu Eckermann. Und folgende Einschätzung liest sich wie eine aktuelle Regietheater-Schelte: »Schiller hatte in seiner Natur etwas Gewaltsames; er handelte oft zu sehr nach einer vorgefassten Idee, ohne hinlängliche Achtung vor dem Gegenstande, der zu behandeln war.«

Reicher Kindersegen

War Schiller früher der Meinung, Goethe sei wie »eine stolze Prüde, der man ein Kind machen muss, um sie vor der Welt zu demütigen«, so konnte er nun aus dem gemeinsamen Arbeitsalltag heraus Freund Körner mitteilen: »Das Kind, welches Goethe und ich miteinander erzeugen, wird etwas ungezogen und ein sehr wilder Bastard sein.«

Nicht eins, sondern knapp 200 Kinder wurden in den Januarwochen 1796 gezeugt und in neun Monaten insgesamt 900, und alle trugen den gleichen Namen: Xenie – Spottgedichte nach antikem Vorbild, um sich den angestauten Ärger über dummes Publikum, schlechte Literaten und ebensolche Kritiker von der Seele zu schreiben.

Vereinigung

Schiller wollte seinen Verleger Johann Friedrich Cotta für den Abdruck der »Xenien«, dieser gemeinsamen Spottverse gegen das »Possenspiel des deutschen Autorenwesens«, gewinnen. Er erklärte die Einzigartigkeit dieses Unternehmens: »... es findet sich der Umstand doch nicht alle Tage, dass 2 poetische Schriftsteller sich in einem poetischen Werk vereinigen; in Deutschland ist der Fall noch nie vorgekommen, und schon von dieser Seite würde das Werk Sensation erregen.«

Familiäre Einflüsse

Schillers Sohn Ernst machte den Eltern Sorge. Das Baby »leidet viel von Säure und Krämpfen«, schrieb Friedrich Schiller an Körner. »Man sollte nicht denken, dass man bei so viel Sorgen von innen und außen einen leidlichen Humor behalten oder gar Verse machen könnte. Aber die Verse sind vielleicht auch darnach.« Es handelte sich um die ätzend-kritischen »Xenien«.

Viermal dasselbe

Goethe und Schiller hatten großen Spaß bei der Verfertigung ihrer – in den Augen der Zeitgenossen – wilden, gottlosen Satiren. Saßen sie beisammen, so ertönte in »kürzeren und längeren Pausen ... schallendes Gelächter, zuweilen von sehr vernehmlichem Fußstampfen begleitet«, berichtete Minna Körner, zu Besuch in Jena. »Wenn die Herren um 12 Uhr zum Mittagessen herunterkamen, waren sie äußerst aufgeräumt und sagten mehr als einmal: Heute sind die Philister wieder gründlich geärgert worden!«

Diese Anekdote wurde von drei weiteren Zeitgenossen erzählt – immer ein wenig anders. Goethes Kammerdiener berichtete von dröhnendem Gelächter aus dem Weimarer Dichterzimmer, Griesbach will dergleichen auch in Jena gehört haben, und der Goethe-Freund Abeken hielt die Anekdote ebenfalls in seinen Erinnerungen fest.

Getroffene Hunde

Häufig wurden in den »Xenien« andere Literaten persönlich angegriffen, gern mal als Esel, böses Insekt oder Hallischer Ochse bezeichnet. Die satirisch Aufgespießten setzten sich zur Wehr und verfassten »Anti-Xenien« – als Gastgeschenke an die »Sudelköche« in Weimar und Jena. Goethe kam darin als »stößiger Bock« zu Ehren, Schiller als »Kants Affe in Jena«.

Vormarxist?

In zwei Zeilen formulierte Schiller unter der Überschrift »Würde des Menschen« ein ganzes politisches Programm:

Nichts mehr davon, ich bitt euch. Zu essen
gebt ihm, zu wohnen.
Habt ihr die Blöße bedeckt, gibt sich
die Würde von selbst.

Fest, nicht fast entschlummert

Oft passierte es, dass Schillers Kondition nicht ausreichte. Überarbeitet und von seinen chronischen Krankheiten entkräftet, schlief er mitten in Gesprächen so fest ein, dass Freunden oder Familienmitgliedern nichts weiter übrigblieb, als ihn ins Bett zu tragen.

Oberster Richter

In Weimar wurden »Die Räuber« inszeniert. Der Regisseur forderte den Schauspieler Iffland auf niederzuknien, weil dies der Autor so angeordnet habe. Es kam zu einer Auseinandersetzung, denn Iffland bezweifelte, dass das Niederknien bindend vorgeschrieben sei. Die beiden Streithähne erschienen vor Schiller, der meinte, es wäre ihm im Traum nicht eingefallen, einen denkenden Künstler in seiner Darstellung binden zu wollen. Und Iffland kniete nicht.

Napoleon vorausgesagt

Schiller hatte zwar die Ideen der französischen Revolution begrüßt, spätestens aber, als unter der Guillotine die Köpfe rollten, wandte er sich entsetzt ab.

Er entwarf sogar eine Bittschrift, König Ludwig XVI. am Leben zu lassen, die er allerdings nicht mehr abschickte, denn auch dieser Kopf war schon gerollt.

Seinem Freund von Hoven gegenüber vertrat Schiller die Meinung, dass das französische Volk noch nicht reif sei. Er sei fest überzeugt, die französische Revolution werde schnell wieder aufhören, alles würde in Anarchie übergehen und die Nation von einem kräftigen Mann gerettet. Der würde wieder Ordnung einführen und die Zügel fest in der Hand halten, auch wenn er sich zum unumschränkten Herrscher Frankreichs und vielleicht gar von einem Teil des übrigen Europa aufschwingen würde.

Lockruf

Die Universität Tübingen bot Schiller eine Stelle als Professor der höheren Philologie und Ästhetik an, ein Versuch, »dass der treffliche Mann dem Vaterlande wieder gewonnen werden könnte«. Schiller lehnte ab mit dem Hinweis auf seine Gesundheit, die regelmäßige Vorlesungen unmöglich mache.

Das Angebot wurde abgewandelt: eine Lebensstellung mit festem Einkommen, ohne jede Verpflichtung. Er sollte einfach nur da sein. Schiller lehnte erneut ab. Doch vorher nutzte er die Einladung, um sich vom Weimarer Herzog für den Fall zunehmender Krankheit ein höheres Gehalt zusichern zu lassen.

Arroganter

»Ich muss mich doch wirklich darüber wundern, wie unsere Weiber jetzt, auf bloß dilettantischem Wege, eine gewisse Schreibgeschicklichkeit sich zu verschaffen wissen, die der Kunst nahe kommt«, schrieb Schiller erstaunt an Goethe, als er Texte von Sophie Mereau – der späteren Frau Brentano – gelesen hatte. Man muss dem überheblichen Manne zugute halten, dass er in seiner Literaturzeitschrift die Fast-Kunst der Mereau und anderer Schriftstellerinnen wie Amalie von Imhoff, Luise Brachmann und Caroline von Wolzogen veröffentlichte.

Stein im Brett

Charlotte von Stein hatte ein Trauerspiel geschrieben, »Dido«, in dem sie in holprigen Reimen mit Goethes Untreue abrechnete. Patenkind Charlotte Schiller bekam es als eine der Ersten zu lesen und reichte es an ihren Mann weiter. Der lobte umgehend die »Composition«, den »schönen stillen sanften Geist«, lobhudelte weiter: »Ich habe weniges, ja vielleicht noch nie etwas in meinem Leben gelesen, was mir die Seele, aus der es floss, so rein und klar und so wahr und prunklos überlieferte.« Das Stück beweise »eine produktive Kraft ..., sein eigenes Empfinden zum Gegenstand eines heiteren und ruhigen Spiels zu machen.« Falls es gedruckt werden sollte, würde er gern noch einmal darauf schauen, »der Orthografie wegen.«

Gruß aus der Küche

Im Sommer 1797 zog Familie Schiller in ein Gartenhaus vor den Toren Jenas. Schillers Arbeitszimmer lagen im Dachgeschoss, mit Ausblick aufs Mühltal und die Saalelandschaft. Oft beschwerte er sich über Ruhestörungen, die aus der Küche heraufdrangen: »Ich liebe sehr, dass die Hauswirtschaft ordentlich geht; aber ich mag das Knarren der Räder nicht hören.« Deshalb ließ er eine freistehende Küche in der Nordwestecke des Gartens errichten. Doch nun beklagte sich Dauergast Goethe, dass der Nordwestwind »gerade mitunter an den schönsten Abenden weht, den Rauch und besonders den Fettgeruch über den ganzen Garten verbreitet, so dass man nirgends Rettung finden kann.«

Risiken und Nebenwirkungen

Christoph Wilhelm Hufeland, Mediziner, Professor in Jena, war gern gesehener Gast bei Schillers. Hufeland forschte und schrieb »Über die Kunst, das menschliche Leben zu verlängern«. Schiller verehrte ihn und hörte sich interessiert seine Ausführung über Ausrottung der Pocken, über Armenfürsorge und Gesundheitspflege an. Hufeland empfahl in seiner Lebenskraft-Theorie neben einer besonderen Ernährung auch einen harmonischen Lebensstil. Schiller aber lehnte alle Versuche zur Lebensverlängerung ab, verweigerte jede Diät und rauchte unverdrossen weiter.

Lyrikwelle

Schiller ernannte das Jahr 1797 zum »Balladenjahr«. Ein Wettstreit um neue Texte entbrannte zwischen den Dichterfreunden. Goethe weilte in Jena, tagsüber dichtete jeder für sich, am Nachmittag überprüften sie gemeinsam die literarische Ausbeute. Schiller schrieb an seinem »Taucher« und wollte Goethe in der Anzahl der Strophen überbieten. Goethe mahnte: »Lassen Sie Ihren ›Taucher‹ je eher je lieber ersaufen.«

Nicht bestechlich

Ein geschäftstüchtiger Buchhändler hörte davon, dass Schiller am »Wallenstein« arbeitete, reiste extra an, um dem Dichter pro Seite ein verlockendes Angebot in Gold zu machen. Schiller stand aber schon mit seinem Verleger Cotta in Verhandlungen, der ihm allerdings ein niedrigeres Honorar angeboten hatte. Schiller entschied: »Cotta handelt solide mit mir und ich mit ihm!«

Kunst geht nach Brot

Lotte versuchte, mit den knappen finanziellen Mitteln die Familie über die Runden zu bringen. Das ging nur mit äußerster Sparsamkeit. Schiller machte sich einmal darüber lustig, indem er einen Geburtstagsglückwunsch für Frau Griesbach schrieb, den sein Sohn Karl überbrachte:

»Ich bringe nichts als ein Gedicht,
Zu Deines Tages Feier.
Denn alles, wie die Mutter spricht,
Ist so entsetzlich teuer«,

stand darin. In Karls Mund hatte Schiller die Worte gelegt, dass bei Griesbachs »Küch und Keller voll« seien, vier fette Schweine stünden im Stall und die Hühner gut im Futter. Der Spargel würde bis auf den Tisch wachsen. Das Gedicht schloss mit Karls nicht ganz uneigennütziger Forderung an Frau Griesbach, ja nicht krank zu werden. Und »'ne Butterbemme« für den Heimweg wäre auch ganz nett.

Doch ein Räuber?

Stolz berichtete ein Besucher seiner Frau, dass er Schiller kennengelernt habe. Aber »Schiller ist nicht mein Mann. Ein sehr gemeines Gesicht und dabei etwas Widriges. Denke Dir sehr eingefallene Backen, eine sehr spitze Nase, fuchsrotes Haar auf dem Kopfe und über den Augen. Und nun war er in seinem Garten, mit gelben eingetretenen Pantoffeln und einem schlafrockähnlichen Überzug. Wäre ich mit ihm in einer öden Gegend zusammengetroffen, ich hätte für mein Leben oder wenigstens für meine Börse gefürchtet.«

Der Religiöse

In den öffentlichen Äußerungen Schillers und in seinen Diskussionen mit Goethe wurde kein Themenbereich ausgelassen oder gar tabuisiert. Auch in religiösen Fragen stellte Schiller immer eigenes Denken vor hirnlose Nachbetung. Despotismus und Priestertum, meinte er, seien einig im Ziel, die Menschen einförmig zu machen. Und an Goethe schrieb er: »Mir ist die Bibel nur wahr, wo sie naiv ist; in allem andern, was mit einem eigentlichen Bewusstsein geschrieben ist, fürchte ich einen Zweck und einen späteren Ursprung.«

Gute Ausrede

Im Gegensatz zu Goethe lehnte Schiller Ämter und Aufgaben im öffentlichen Dienst ab. Es täte ihm leid, aber leider – seine Krankheiten. Doch »... auch die Kränklichkeit ist zu etwas gut, ich habe ihr viel zu danken«. Freunden gegenüber gab er zu, dass er zwar dauernd von Krankheiten gebeutelt sei, diese allerdings sein Steckenpferd wären, das er reite, um öffentliche Berufungen zu umgehen.

Kaffee, Tabak und Meer

Schiller putschte sich mit Unmengen von Kaffee und Schnupftabak auf, um nächtelang arbeiten zu können. Den »Wallenstein« schrieb er unter großem Zeitdruck, diese Arbeit raubte ihm die »ganze Gemächlichkeit« seiner Existenz.

»Wie will ich dem Himmel danken«, klagte er, »wenn dieser Wallenstein aus meiner Hand und von meinem Schreibtisch verschwunden ist. Es ist ein Meer auszutrinken, und ich sehe manchmal das Ende nicht.«

Ordnung muss sein

Schiller hatte die Angewohnheit, seine Manuskripte im Zimmer zu verteilen, manchmal war der gesamte Fußboden mit Papieren bedeckt. Zugleich legte er großen Wert auf einen penibel aufgeräumten Schreibtisch.

Richtig sterben

Ludwig von Wolzogen sollte Schiller beim »Wallenstein« helfen. Vornehmlich wollte der Dichter Schlachtszenen militärisch beschrieben haben, damit er daraus die »Grundfarben des Todes von Max Piccolomini« entlehnen könne. Wolzogen ließ es krachen. Schiller schlug die Hände über dem Kopf zusammen, er könne doch nicht eine Szene, die höchst tragisch auf das Publikum wirken solle, mit Kanonenknall und Pulverdampf anfüllen. Wolzogen brachte täglich neue Vorschläge. Schiller entschied, Max müsse unter dem Hufschlag seiner eigenen Rosse an der Spitze seines Kürassierregiments des Todes Opfer werden.

Heiliger Abend

Am 24. Dezember 1798 vollendete Schiller »Die Piccolomini«, drei Schreiber halfen dabei. Noch am

Abend teilte er Goethe mit: »So ist ... schwerlich ein heiliger Abend auf 30 Meilen in der Runde verbracht worden, so gehetzt nämlich und qualvoll über der Angst, nicht fertig zu werden.«

Untertänigster Goethe

Die »Wallenstein«-Proben liefen. Mehrfach sorgte Schiller für Verzögerung, weil er den Stücktext zurückzog, um Verbesserungen einzuarbeiten. Goethe und Franz Kirms namens der Hoftheaterkommission waren verärgert. Durch Eilboten sandte man ein Schreiben an den perfektionistischen Autor: »Überbringer dieses stellt ein Detachement Husaren vor, das Ordre hat, sich der Piccolominis, Vater und Sohn, wie es gehen will, zu bemächtigen, und wenn es derselben nicht ganz habhaft werden kann, sie wenigstens stückweise einzuliefern. Euere Lieben werden ersucht, diesem löblichen Vorhaben allen möglichen Vorschub zu tun. Die wir uns zu allen angenehmen Gegendiensten erbieten. Weimar, 27. Dezember 1798. Melpomenische zum Wallensteinschen Unwesen gnädigst verordnete Commission. Goethe und Kirms.«

Teamwork

Der Kapellmeister Franz Destouches wurde von Schiller gebeten, das Reiterlied aus »Wallensteins Lager« mit Noten zu versehen. Charaktervoll solle das Lied sein, packend und zündend, ein Höhepunkt. Destouches fiel wochenlang nichts Befriedigendes ein – bis ihn Herder besuchte, der in seinem Amt als Hofprediger eine Motette bestellt hatte. Herder stand ungeduldig wartend am Fenster und trommelte mit den Fingern auf der Scheibe, als Destouches ins Zimmer kam. Der Kapellmeister hörte das rhythmische Klopfen, machte flugs kehrt, um die Melodie aufzuschreiben, die ihm mit Herders »Fenstermarsch« zugeflogen war. Schiller war entzückt.

Vers-Fußvolk

Bei der Weimarer Uraufführung des »Wallenstein« im April 1799 war eine kleine Rolle mit einem Österreicher besetzt. Schiller ermahnte ihn, so gut zu spielen, wie er nur könne, »namentlich aber lassen Sie keinen Fuß aus!« Der gute Mann versprach es, wurde aber, als seine Szene nahte, noch einmal von Schiller erinnert: »Nur keinen Fuß auslassen!«

»Eher lasse ich alles andere aus als meine Füße«, antwortete der Komparse. Und trampelte laut und vernehmlich auf die Bühne.

Erfolgstrunken

Beinahe hätte es bei der »Wallenstein«-Premiere ein Fiasko gegeben. Schuld war Schiller. Schon nach dem 1. Akt tobte das Publikum. Der Autor war euphorisiert und erweiterte das Offiziersbankett im 2. Akt der »Piccolomini« um ein paar Flaschen

Champagner, die er ins Theater geschmuggelt hatte. Der Schauspieler Vohs, von seinem Spiel erhitzt, stürzte auf offener Bühne ein paar Gläser hinunter. Glücklicherweise endete der Akt kurz darauf und Vohs konnte hinter der Bühne Anti-Rausch-Maßnahmen ergreifen.

Schöner Wohnen in Weimar

Die »Wallenstein«-Trilogie brachte dem Dichter nicht nur beträchtlichen Ruhm ein, sondern auch die Einladung vom Fürsten Karl August, nach Weimar umzuziehen, um mehr Zeit für das Theater zu haben. Für den zukünftigen Hausstand steuerte die Fürstin Repräsentatives bei: ein silbernes Kaffeeservice.

Schilloethes Reime

Goethe war bei Schiller in Jena zu Gast. Friedrich ließ sich für eine Weile entschuldigen. Wolfgang entdeckte auf dem Tisch ein angefangenes Gedicht, zwei Zeilen:

Er saß auf ihres Bettes Rand
und spielte mit den Flechten.

Als Goethe gegangen war, wollte Schiller weiter dichten, fand aber das Gedicht bereits vollendet:

Das tat er mit der linken Hand.
Was tat er mit der rechten?

Haus-Arbeit

Für seine Monatsschrift »Flora – Teutschlands Töchtern geweiht« bat Cotta Schiller um Beiträge. Schiller, der dafür weder Zeit noch Lust hatte, sagte dennoch sofort zu, versprach Beiträge seiner Schwägerin Caroline und sechs aus dem Französischen übersetzte Geschichten, obwohl sein Französisch mehr als mangelhaft war. Lotte waltete als Hausfrau und lieferte umgehend die Übersetzungen.

In Schillers gesammelten Werken sind diese Arbeiten zu finden, mit der Begründung, Schiller habe schließlich die Übersetzungen seiner Frau korrigiert und überarbeitet.

Für die Haushaltskasse

Dem Berliner Verleger Unger hatte Schiller ebenfalls versprochen, Beiträge für das »Journal der Romane« zu liefern, »sobald sich Stoff und Stimmung zu einer solchen Arbeit bei mir finden«. Ein Jahr später hatte er noch immer keinen eigenen Beitrag fertig, vertröstete aber einstweilen mit »etwas von fremder Hand, das mir mitgeteilt und von mir durchgesehen worden«. Die fremde Hand war die seiner Frau Charlotte. Dem Verleger schrieb er, er habe »dem Verfasser« 10 Louisdor versprochen und hoffe nun auf dieses Geld.

Schreib um dein Leben!

Die langwierigen Krankheiten und dauernden Rückfälle machten dem Kreativen Schiller sehr zu schaffen. Darum ist es nicht verwunderlich, dass er die verbleibende Zeit so ausnutzte, dass Biografen sich später zur Äußerung veranlasst sahen, er habe sich totgearbeitet. Eher wird es wohl so gewesen sein, dass seine Arbeit ihn am Leben hielt. Dichten war ihm das Wichtigste, noch vor Frau und Kindern. An Goethe schrieb er: »Meine Arbeit rückt doch immer etwas voran. Nulla dies sine linea.« – Kein Tag ohne Zeile!

Spötter-Funken

Für seinen »Musen-Almanach«, der pünktlich zur Leipziger Messe erscheinen sollte, brauchte Schiller dringend noch einen Text. Also schrieb er innerhalb weniger Tage »Das Lied von der Glocke«. Freunde und Gegner fanden schnell ihren Spaß daran. Caroline Schlegel schrieb, die Jenaer Romantiker seien bei der Lektüre »fast von den Stühlen gefallen vor Lachen«. Und August Wilhelm Schlegel erkannte ganz schnell, was nach ihm noch unzählige Spötter ebenfalls entdeckten: dass sich dieser Text »herrlich parodieren« ließ. Die »Glocke« war Gussform für Verse über so unterschiedliche Tätigkeiten wie das Nähen und Bügeln einer Jacke, das Rösten von Kaffee, den Zusammenbau einer Uhr, die Zubereitung einer Wurst und die Geburt eines Menschen. So gebührt der »Glocke« der zweifelhafte Ruhm, das am häufigsten parodierte Gedicht Schillers zu sein.

Vielfacher Nutzen

Nicht nur für Parodien eignete sich »Das Lied von der Glocke«. Das Gedicht diente als Steinbruch, aus dem unzählige Zitate herausgeschlagen wurden, die so sehr in den alltäglichen Sprachgebrauch eingegangen sind, dass man sie kaum noch als Zitate erkennt. Außerdem eignete sich die »Glocke« auch zum Kochen. In alten Kochrezepten findet sich der Vermerk: Man koche die Speise so lange, wie man braucht, Schillers »Glocke« aufzusagen.

Vorzug des Negativen

Mit Goethe tauschte Schiller sich über Lob und Tadel aus und konstatierte, Tadeln sei immer ein dankbarerer Stoff als das Loben. Das wiedergefundene Paradies sei auch weniger gut als das verlorene und Dantes Himmel viel langweiliger als seine Hölle.

Affenliebe

Schiller war in seine Kinder vernarrt, die ihn ihrerseits auch sehr liebten. Er kroch mit ihnen auf dem Boden herum, spielte Löwe und Hund, bei Tisch schmuste er mit dem Nachwuchs und machte

Späßchen. Zur Begrüßung stellte sich Schiller gern kerzengerade und stocksteif hin, so dass die Kinder affengleich, ohne väterliche Hilfe, an ihm hochklettern mussten, damit sie seinen Mund für den Begrüßungskuss erreichten.

Verrechnet

Während Schiller an seinem neuen Stück »Maria Stuart« arbeitete, beschloss er, nach Weimar überzusiedeln, und erklärte Körner brieflich: »Weil ich mich für die nächsten 6 Jahre ausschließlich an das Dramatische halten werde, so kann ich es nicht umgehen, den Winter in Weimar zuzubringen, um die Anschauung des Theaters zu haben. Dadurch wird meine Arbeit um vieles erleichtert werden.«

Ihm blieben noch fünf Jahre und neun Monate.

Wichtige Mitteilung

Während Schiller mit dem dreijährigen Sohn Ernst in die neue Wohnung zog, quartierte sich Lotte mit der neugeborenen Tochter Caroline und dem Sohn Karl bei Frau von Stein ein, die nicht einmal zweihundert Meter entfernt wohnte. Zwei Wochen blieb Charlotte Schiller dort. Friedrich besuchte seine Frau täglich und schickte in dieser Zeit per Boten acht Briefe. Beispielsweise: »Ich mache Feierabend von meinem Geschäft und sage meiner guten Maus noch einen Gruß.«

Kalbs-Leder?

Die Wohnung, die Familie Schiller bezog, war frei geworden, weil die Vormieterin sich aus Weimar zurückgezogen hatte. Der Einfachheit halber hatte sie auch etliche Möbel zurückgelassen, Erinnerungen an verflossene Zeiten.

Die Vormieterin war Charlotte von Kalb.

Grenzen der Liebe

Hungrig, auf den Beginn des Mittagessens wartend, sprangen die Schiller-Kinder um den Tisch herum. Der väterliche Langschläfer erwachte durch den Krach und läutete nach dem Diener. Sohn Karl rannte freudig zur Zimmertür, klopfte und antwortete auf »Wer ist da?« mit »Ich«. Aus der Schlafkammer erwiderte der Vater: »Wer ist der Ich?« Fröhlich rief der Sohn: »Karl!«, woraufhin sich die Tür öffnete, eine Hand Karl am Schlafittchen packte, die andere Klapse verteilte und Schiller ärgerlich das zeitweilige Ende des Liebesverhältnisses ankündigte – wegen zu frühen Weckens.

Hauptsache erfolgreich

»Macbeth« sollte aufgeführt werden. In den Proben kurz vor der Premiere war Hauptdarsteller Vohs noch längst nicht textsicher. Selbst die Souffleuse konnte nicht helfen. Goethe war wütend, wollte die

Aufführung fast absagen. Schiller meinte, der Schauspieler sei vortrefflich, seine Genialität würde ihm schon über die Textklippen hinweghelfen. Die Aufführung fand statt. Das Theater platzte fast aus den Nähten. Von Akt zu Akt steigerte sich die Begeisterung der Zuschauer, vor allem Vohs' wegen.

Nach dem zweiten Akt kam Schiller hinter die Bühne, fragte nach Vohs, umarmte ihn und sagte: »Ich muss Ihne sage. Meischterhaft! Meischterhaft!« Vohs hatte Schelte erwartet und dankte darum erleichtert. Nach der Vorstellung sagte Schiller zu Regisseur Genast: »Sehe Sie, Genascht, wir habe recht gehabt! Er hat zwar ganz andere Verse gesprochen, als ich sie geschrieben hab, aber er ischt trefflich!«

Befehlsgewalt

Ganz ohne Ärger ist diese Schauspieler-Marotte aber nicht an Schiller vorbeigegangen. »Ich will mit dem Schauspielervolk nichts mehr zu schaffen haben«, schrieb er erbost an Goethe, »es gibt nur ein einziges Verhältnis zu ihnen, den kurzen Imperativ, den ich nicht auszuüben habe.«

Höhere Weihe

Balthasar Bang, ein junger dänischer Dichter, wallfahrte zu Schiller und schrieb über die Begegnung: »Da stand er vor mir, jener große Mann, die wahre Gottheit der Poesie, er, der vom Himmel herabgestiegen ist, um dem Menschengeschlechte die Fesseln der Prosa abzustreifen ... Wie ich nun mit tränendem Auge zu ihm emporblickte, um mir jede Linie der teuren Züge einzuprägen, ... umfasste er mit seinen lieben Händen meinen Kopf und drückte mir einen Kuss auf die Stirn, wodurch ich für ewig dem Cultus der Musen geweiht wurde.«

Vormacher

Schillers Sohn Karl, dessen Vetter Wolzogen und August von Goethe traten in den Dichterwettstreit. Drei neue Schauspiele sollten entstehen. Vater Schiller las heimlich den ersten Szenenentwurf. Als Karl vom Unterricht kam, sprach Schiller mit ihm in ungewohnter Rede und seltsamem Tonfall. Karl erkannte, dass so die Ritter und Knappen in seinem Stück redeten – und schrieb nie wieder auch nur ein Stückchen eines Theaterstückes.

Humorlos

Schiller lehnte die französische Revolution ab, konnte aber auch mit Napoleon wenig anfangen. Er stimmte in den allgemeinen Beifall nicht ein. »Wenn ich mich nur für ihn interessieren könnte«, sagte er, »alles ist ja sonst tot – aber ich vermag's nicht. Dieser Charakter ist mir durchaus zuwider. Keine einzige heitere Äußerung, kein einziges Bonmot«.

Eckerfräulein

Goethe hatte seinen Eckermann, Schiller vorübergehend Christiane von Wurmb, Lottes Cousine. Das junge Mädchen, für ein paar Monate zu Besuch bei Schillers, notierte eifrig für die Nachwelt die Weisheiten, die Schiller am Teetisch zum Besten gab. Einmal, das Mädchen saß gerade an einer Näharbeit, kam Schiller herein und dozierte: »Es ist ein eigen, seltsam Ding um die gelehrten Frauen. Wenn sie einmal den ihnen angewiesenen Kreis verlassen, so durchfliegen sie mit schnellem, ahnendem Blick unbegreiflich rasch die höheren Räume. Aber dann fehlt ihnen die starke, anhaltende Kraft des Mannes, der eiserne Mut, jedem Hindernis ein ernstes Überwinden entgegenzusetzen ... Das schwächere Weib hat seinen ersten schönen Standpunkt verloren und wird entweder zur eitlen Törin oder unglücklich.«

Schnell ließ Christiane die Nadel sinken und griff zu Feder und Papier.

Zuviel des Guten

Dresdener Freundinnen von Minna Körner ließen einen Goldring anfertigen, der einen tiefroten Karneol hielt, in den Schillers Porträt geschnitten war. Schiller bedankte sich für das Geschenk, gab den Ring aber Körner mit der Bitte, ihn als Andenken aufzubewahren. Warum? »Ich kann unmöglich Briefe mit meinem lorbeerumkränzten Kopf siegeln.«

Inspiration

Bernhard Rudolf Abeken, Lehrer von Schillers Söhnen, erzählte, seine Frau Christel habe Schiller beim Schreiben musisch befruchtet. Wenn Schiller etwas Bestimmtes schreiben wollte, rief er ins Nachbarzimmer: »Einen Marsch, Christel, einen Marsch!« Die gute Christel spielte, und dann sei die Feder über das Papier geglitten und das Schicksal herrischen Schrittes durch die Szene marschiert.

Faust im Nacken

Nach Schillers Meinung bestand die Gefahr, dass Goethe nichts Literarisches mehr zustande bringen würde. Zu schwerfällig und unschlüssig sei er, habe zu viele »Liebhaber Beschäftigungen, die er sich mit Wissenschaftlichen Dingen macht«. Schiller orakelte gegenüber Verleger Cotta: »Beinahe bezweifle ich daran, dass er seinen ›Faust‹ noch vollenden wird.« Darum stachelte er Cotta an, Goethe mit Geld zu locken. Cotta bot 4000 Gulden. Goethe ging wieder ans Werk. Drei Jahre nach Schillers Tod erschien der erste Teil des »Faust«.

Keine Jungfrau in Weimar

»Die Jungfrau von Orleans« war fertig und vom Theaterdirektor Goethe für »brav, gut und schön« befunden. Doch Karl August nahm die Nachricht über die Fertigstellung dieses Stückes mit Schrecken auf. Er befürchtete, dass mit einer Aufführung er und seine Mätresse Caroline Jagemann, die zumeist die Hauptrollen spielte und der Jungfräulichkeit schon länger nicht zu verdächtigen war, der Lächerlichkeit ausgesetzt werden könnten. Also bestand er darauf, das Stück zu lesen.

Er lobte es ausführlich: »Die betrübte deutsche Sprache ist in die schönste Melodie gezwungen, deren sie fähig ist, und die der deutschen Muse angeborene Herzlichkeit hat Schiller so veredelt wirken lassen, dass man zwischen Erhabenheit und Herzlichkeit schwebt.« Undsoweiterundsofort. Ein »Poem«, ein »Heldengedicht«, das man besser nicht mit den Nachteilen des Theaters belasten sollte.

Der Herzog sorgte nachdrücklich dafür, dass »sein« Theater sich diese Belastung ersparte, im Unterschied zum Leipziger Theater, wo die »Jungfrau« uraufgeführt wurde.

Zu lauter Ruhm

Schiller besuchte eine Vorstellung der »Jungfrau von Orleans« in Leipzig. Seine Anwesenheit sprach sich herum. Zum Stückende erscholl aus dem Parkett ein dreifaches »Vivat!«, und als Schiller das Theater verließ, bildete das Publikum eine von Fackeln beleuchtete Gasse.

Hüte wurden gezogen, in den hinteren Reihen Kinder hochgehoben, damit sie den Genius sehen konnten. Von all den vielen Menschen, dem Geschrei und den Fackeln bekam Schillers Sohn Karl solche Angst, dass er sich unter den Mantel seines Vaters flüchtete.

Nest-Beschmutzer

In Weimar wurde die »Maria Stuart« gegeben, mit der Berliner Schauspielerin Friederike Auguste Unzelmann in der Titelrolle. Schiller schätzte sie und ihr Spiel »mit Zartheit und großem Verstand«. Allerdings müsse man sich nun, nach ihrer Abreise, wieder an die »theatralische Hausmannskost« halten. Weimar und sein Theater nannte er in einem Brief an die Unzelmann »unser schlechtes Dorf und unser Dorftheater«.

Auf Freunde bauen

Der Optimist Schiller wurde immer wieder von der Realität enttäuscht, besonders was finanzielle Erwartungen betraf. Trotz vieler williger Spender war Schiller nie schuldenfrei. Andererseits stiegen die Ansprüche. So mussten der Verleger Cotta einen hohen Vorschuss hinblättern, Herzog Karl August das Jahresgehalt auf 400 Taler verdoppeln und Goethe freundschaftlich ins Geldkästchen greifen, damit Friedrich 1802 sein renoviertes und neu möbliertes Haus in Weimar beziehen konnte. Schillers Schwiegermutter beteiligte sich auch, allerdings nicht mit einer Schenkung. Schiller musste von ihr borgen: 600 Taler zu vier Prozent Zinsen.

Goethes Legende?

Goethe wollte Schiller besuchen. Charlotte Schiller begrüßte Goethe und sagte ihm, dass sie ihren Mann zurückerwarte. Goethe setzte sich an Schillers Schreibtisch und erzählte später Eckermann, aus dem Möbel sei ein fataler Geruch aufgestiegen, so dass ihm übel wurde. Als er die Schublade aufzog, hätten darin faulende Äpfel gelegen. Charlotte sei hereingekommen und habe behauptet, ohne diesen Geruch würde Schiller nicht leben und arbeiten können.

Diplomatische Note

Schiller, seit 1784 Weimarischer Rat, bekam 1790 vom Fürstenhaus Sachsen-Meiningen den Titel Hofrat. Er kommentierte lakonisch, er habe eine Silbe dazubekommen. Und nun sollte eine weitere Silbe seinen Namen schmücken, das »von«. Zu diesem Zwecke musste dem kaiserlichen Hof in Wien neben einem Wappenentwurf auch ein lupenreiner Lebenslauf vorgelegt werden, womit Christian Gottlieb Voigt beauftragt wurde. Schiller bedankte sich nach erfolgter Adelung für das brillante diplomatische Geschick Voigts und bemerkte: »Es ist freilich keine kleine Aufgabe, aus meinem Lebenslauf etwas herauszubringen, was sich zu einem Verdienst um Kaiser und Reich qualifizierte, und Sie haben es vortrefflich gemacht, sich zuletzt an dem Ast der deutschen Sprache festzuhalten.«

Das Schiller nun ein »von« im Namen trug, war für den Autor der »Räuber« ein durchaus paradoxer Zustand. Hatte er doch einmal geäußert, keinem Fürsten dienen zu wollen. Er behauptete, der Adelstitel sei ihm nicht wichtig. Ganz im Gegensatz zu seiner Frau, die ja als Adelige einen Bürgerlichen geheiratet hatte und deswegen vom Leben am Hofe ausgeschlossen war. Das »von« änderte ihre Situation wieder. An Wilhelm von Humboldt schrieb Schiller witzelnd: »Lolo ist jetzt recht in ihrem Element, da sie mit ihrer Schleppe am Hofe herumschwänzelt.«

In Wirklichkeit hatten Charlotte und die Kinder zu diesem Zeitpunkt die Masern und zum Schwänzeln keine Chance.

Menschen werden Kegelbrüder

Ein junger Lehrer aus Ungarn wurde beim Flanieren durch Weimars Gassen durch Gelächter, Gläserklang und das Poltern stürzender Kegel angelockt. Durch ein offenes Tor geriet er in einen Garten, den er für den Biergarten eines Wirtshauses hielt. Sogleich winkte er der vermeintlichen Kellnerin, bestellte ein Bier und besah sich die kegelnden Herren. Einer – lang, blass, leidend vom Aussehen und offensichtlich der Wirt – kegelte miserabel und verlor deswegen ständig Geld. Der fremde Gast bot

Hilfe an, erklärte, wie man die Kugel richtig aufsetzt. Sofort wurde er zum Ersatzspieler ernannt, der einen guten Gewinn einspielte.

Nach einer Weile wollte der Gast zahlen und gehen. Stattdessen wurde er zum Abendessen eingeladen, später floss reichlich Liebfrauenmilch, wurden Toasts ausgebracht auf den Herzog, auf den ungarischen Gast, auf Deutschland, auf alle edlen Menschen. Überwältigt von solcher Gastfreundschaft stimmte der junge Mann aus Ungarn Schillers Lied »An die Freude« an. Da endlich gab sich der Wirt mit der »schön geformten Nase« zu erkennen, nebst seinen Kegelbrüdern Wieland und Goethe.

Genussmensch

Kaffee. Tabak zum Rauchen. Tabak zum Schnupfen. Wein, »... ein wahres Lebensöl, das Herz und Eingeweide stärken wird«. Schreiben. Arbeiten. »Meine beste Freude ist die Tätigkeit, sie macht mich glücklich in mir selbst.«

Eine Rose ist ...

Goethe erkrankte an einer Gürtelrose. Schiller war sehr um den Freund besorgt und besuchte ihn häufig. Als die Krankheit überstanden war, kommentierte Schiller: »So hat selbst die Krankheit zum Liebling der Grazien nicht anders zu kommen gewagt als unter dem anmutigen Zeichen der Rose.«

Kammerdiener-Szene

Schiller weilte für ein paar Tage in Bad Lauchstädt und erlebte die höchst erfolgreichen Aufführungen dreier seiner Stücke. Studenten aus Halle und Leipzig feierten den Dichter mit Vivats, brachten ihm bis spät in die Nacht Ständchen und rissen ihn des Morgens wieder mit Musik aus dem Schlaf.

Einmal drangen die jungen Leute in das Quartier Schillers ein und fanden ihn bereits zur Nachtruhe ausgezogen. Jeder griff sich ein Kleidungsstück und hielt es Schiller hin. Wie eine Gruppe Kammerdiener umstanden sie ihn. Schiller brach darüber so in Gelächter aus, dass er keinen Widerstand leisten konnte. Die jungen Leute zogen ihn an und schleppten ihn mit in den Saal, wo er, »Bursche unter Burschen«, eine Stunde blieb.

Gewaltiger Eindruck

Im Bad Lauchstädter Theater gab die Schillersche Truppe an einem heißen Sommerabend »Die Braut von Messina«. Der Schauspieler Graff sprach den älteren Chorführer. Im vierten Akt kam die Stelle »Wenn die Wolken getürmt den Himmel schwärzen, wenn dumpftosend der Donner hallt«, da entlud sich über dem Haus ein wirkliches Gewitter, laute Donnerschläge krachten. Graff hielt donnernd mit Schillers Worten dagegen. Im Publikum totenbleiche Gesichter, angstvolle Stille auch am Ende des Stückes.

Nach der Vorstellung erschien Schiller hinter der Bühne, sagte jedem Mitwirkenden ein paar freundliche Worte. Zu Graff sprach er leicht näselnd und in ironischem Ton: »Diesmal kam Ihnen der Donner recht zupasse, schwerlich wird die Stelle jemals wieder mit *dem* Ausdruck gesprochen werden!«

Unromantiker

Eine Neuausgabe der im mittelalterlichen Stil geschriebenen Minnelieder von Ludwig Tieck erschien. Schiller schlug vor, eine Inventarliste des darin enthaltenen Mobiliars aufzustellen. Das Ergebnis: kein Tisch, kein Stuhl, auch kein Bett. Schiller meinte sarkastisch, Minnedichter bräuchten nur Garten, Baum, Hecke, Wald und ein Liebchen. Das seien ungefähr die Gegenstände, die im Kopf eines Sperlings Platz hätten. Dazu Blumen, die duften, und Früchte, die reifen, und ein Zweig, worauf ein Vogel im Sonnenschein singt, und der Frühling, der kommt, und der Winter, der geht, und nichts, was dableibt – außer Langeweile.

Brillant

Der schwedische König Gustav IV. Adolf weilte am Weimarer Hofe. In Anwesenheit der Majestäten wurde »Wallensteins Tod« gespielt. Gustav Adolf überreichte Schiller als Auszeichnung für seine »Geschichte des Dreißigjährigen Krieges« einen Brillantring. Schiller kommentierte das in einem Brief: »Wir

Poeten sind selten so glücklich, dass die Könige uns lesen, und noch seltener geschieht's, dass sich ihre Diamanten zu uns verirren.« Zwar hätten die »Staats- und Geschäftsleute ... eine große Affinität zu diesen Kostbarkeiten; aber unser Reich ist nicht von dieser Welt.«

Feierlichkeit

Zuweilen verreiste Charlotte Schiller und ließ ihren Mann mit den Kindern in Weimar zurück, in der Obhut von Kindermädchen und Köchin. Schiller berichtete seiner Frau in ausführlichen Briefen, welches Kind sich momentan mit Würmern, Hustenreiz oder Sehnsucht nach der »Manna« plagte. Tochter Caroline war gerade vier Jahre alt geworden, aber den Geburtstag, schrieb er, »wollen wir bei Deiner Zurückkunft feiern, sie hat ihn selbst feierlich begangen und in die Stube gemacht.«

Eingesponnen

Schiller, der nie in der Schweiz war, las für seinen »Tell« viele Bücher und beklebte die Zimmerwände mit Landkarten. Als er alles Material beisammen hatte, setzte er sich an die Arbeit und stand erst wieder auf, als der »Tell« fertig war, berichtete Goethe. »Überfiel ihn Müdigkeit, so legte er den Kopf unter den Arm und schlief. Sobald er wieder erwachte, ließ er sich nicht, wie ihm fälschlich nachgesagt worden, Champagner, sondern starken schwarzen Kaffee bringen, um sich munter zu halten. So wurde der ›Tell‹ in sechs Wochen fertig, er ist aber auch wie aus einem Guss.«

Tatsächlich dauerte der Guss sechs Monate.

Ahistoriker

Schiller hat immer wieder betont, dass seine historischen Theaterstücke nicht exakte Abbildungen der geschichtlichen Ereignisse seien, sondern eben Kunst-Stücke, frei im Umgang mit Historie zugunsten des Dramas. Trotzdem sind dem historisch nicht ungebildeten Autor mehrere Schnitzer unterlaufen: Die Trinkschokolade wurde erst weit über 100 Jahre, nachdem sie der Mohr im »Fiesco« zubereitete, ein europäisches Getränk. Der Blitzableiter tauchte in »Wilhelm Tell« auf – 120 Jahre vor seiner Erfindung. Außerdem rät Tell dem Parricada, durch ein Felsentor in ein heitres Tal der Freude zu gehen. Gemeint ist das »Urner Loch« ins Andermatt-Tal, ein Tunnel, gebaut 400 Jahre nach dem Rütlischwur.

Das schöne Tongeschlecht

Man unterhielt sich über den Opernkomponisten Gluck. Der Kammermusiker Schlömilch behauptete, Gluck sei immer streng historisch vorgegangen, was zum Beispiel bei der nicht so eingängigen Einführungsmelodie der Helena zu hören sei. Schiller widersprach: »Da hat nun Gluck unrecht. Auf dem

Theater muss das Weib liebenswürdig dargestellt werden, und wenn es eine Hottentottin ist.«

Spaßgesellschaft

Bei einem Essen – es gab Fisch – erzählte ein älterer Herr, Gellert habe einem vornehmen Manne, der ihn immer mit »Er« anredete, einmal mit folgendem Leber-Reim geantwortet:

»Die Leber ist von einem Hecht und nicht von einem Bär,
den nenn ich Grobian, der stets mich nennet Er.«

Einer nach dem anderen aus der fröhlichen Runde steuerte einen Leber-Reim bei. Schiller kam an die Reihe, sah sich verlegen um und schüttelte den Kopf. Er schien das Anerbieten als Zumutung zu empfinden und lehnte eine dichterische Mitarbeit schweigend ab.

Kein Gespenst geht um

Madame de Staël – von der übrigens die Bezeichnung »Land der Dichter und Denker« stammt –, eine sehr unabhängige Frau, selbst Schriftstellerin, hielt sich während ihrer Reise durch Europa auch einige Zeit in Thüringen auf. Einmal habe sie in einem Haus gewohnt, in dem es angeblich spukte, aber leider, beschwerte sie sich, habe sich ihr das Gespenst nie gezeigt. Schiller spottete hinter Madames Rücken: »Hätte denn selbst ein Geselle Satans mit Der zu schaffen haben mögen?«

Nicht hörig

Madame de Staël beurteilte nach ihrer Abreise aus Weimar Schiller sehr positiv, er habe »Achtung vor den Frauen«. Ihr gegenüber muss sich der Dichter aber ziemlich verbogen haben, denn als sie weg war, hatte er das Gefühl, eine große Krankheit ausgestanden zu haben. Bei Goethe lästerte er über die Dame, er hätte sich »ganz in ein Gehörorgan verwandeln« müssen, »um ihr folgen zu können«.

Reinheit der Kunst

Mit Caroline von Wolzogen unterhielt sich Schiller über die Verbindung des Weimarer Fürstenhauses zu den russischen Romanows. Schiller verriet, er sähe im »Demetrius« eine gute Gelegenheit, der Zarenfamilie viel Schönes zu sagen. Am nächsten Tag aber sagte er: »Nein, ich tue es nicht. Die Dichtung muss ganz rein bleiben.«

Zug-Nummer

Mittags in einer Berliner Gesellschaft. Am Vorabend hatte man »Die Jungfrau von Orleans« im Schauspielhaus gesehen. Vielerlei Lob wurde über Schiller ausgeschüttet, das der Dichter schweigend aufnahm, denn er ärgerte sich immer noch über den zwar prächtigen, aber von seiner Dichtkunst zu sehr ablenkenden Fürstenzug; zweihundert Statisten zogen dafür über die Bühne. Erst als sich eine Dame beklagte: »Wenn der Vorhang aufgeht, ist leider sehr viel Zug zu bemerken!«, wurde der Dichter lebendig und rief: »Ganz recht, viel Zug, zuviel Zug, es treibt sogar die Handlung auseinander!«

Listenreich

Schiller schrieb oft Listen unterschiedlichster Art. So hatte er beispielsweise immer vor Augen, welche Theaterstücke er noch schreiben wollte. War eins fertig, strich er es von der Liste.

Oder er listete auf, wie viel Wein in seinem Keller lagerte: »61 Flaschen Malaga, 35 Flaschen Burgunder, 22 Flaschen Champagner, 10 Flaschen Weißer Portwein, 4 Flaschen Muskateller, 2 Flaschen Leistenwein, 17 Flaschen Ruster, 6 Flaschen Ödenburger, 34 Flaschen Frankenwein, 5 Flaschen Rum und vier halbe Flaschen Falerner.« Nicht mit auf der Liste stand der Zechwein für alle Tage, der in Eimern geliefert wurde.

Männerwitz

Johann Heinrich Voß, der berühmte Altphilologe und Homerübersetzer, weilte in Weimar. Angeregte Unterhaltung mit Schiller, dessen Frau Charlotte und deren Schwester Caroline. Verschmitzten Gesichts flüsterte Schiller, so dass es die Frauen gerade noch hören konnten, man müsse einmal ein Stück aufführen, zu dem nur männliches Publikum zugelassen sei. »Glauben Sie nicht, dass manches Weib verkleidet hereinkommen würde? Wie wollten wir sie aber anführen, denn nach einer Ankündigung, dass bloß Männer erscheinen dürften, würde man Zoten erwarten, und dann wollten wir ein so moralisches Stück geben, dass man es vor Moral und Rigorismus gar nicht aushalten könnte.« Bei der zweiten Aufführung würden die Frauen desinteressiert fernbleiben, und dann müsse man ein Stück voller »Natur und Ungeschminktheit« geben.

Schreibe, schreibe, Häusle kaufe

Schillers Freund und Schwager Wilhelm von Wolzogen war mehrfach in besonderer diplomatischer Mission in Russland, in deren Ergebnis der Weimarer Erbprinz Karl Friedrich die Zarentochter Maria Pawlowna heiratete.

Wolzogen warb am Zarenhof für Schillers Werke und überreichte der Zarin ein Exemplar des »Don Carlos«. Im Gegenzug erhielt Schiller als Zeichen der Bewunderung einen Brillantring.

Der Schwabe versetzte das edle Stück und tilgte damit einen Teil der Hypothek auf sein Haus.

Blockierter Output

Zu Schillers diversen Leiden zählte die Trägheit des Darmes. Beistand in seinen schweren Stunden leistete ihm sein junger Freund und Verehrer Johann

Heinrich Voß – Sohn des gleichnamigen Dichters –, der neben seinem unermüdlichen Einsatz als Krankenpfleger eigentlich Hauslehrer bei Schillers war. Mit allerlei lustigen Geschichten vertrieb er dem Kranken die lästige Zeit auf dem Nachtstuhl. Der gelernte Mediziner Schiller glaubte, die von Voß gekochte Trinkschokolade sei das beste Mittel gegen seine Verstopfungen.

Der Patient Schiller folgte außerdem der Empfehlung seines Arztes und kaufte sich ein Pferd, in der Hoffnung, dass sich beim Reiten sein Gedärm ausgiebig durchschütteln und solcherart die Verdauung anregen ließe. Der Dichter Schiller klagte: »Ach, die verwünschten Verstopfungen! Sie rauben mir alle Jahre zwei Trauerspiele, die ich ohne sie schreiben würde.«

Unverbesserlich

Auf Wunsch Karl Augusts übersetzte Schiller Jean Racines Tragödie »Phèdre« und sandte das Manuskript kurz vor der geplanten Premiere an den Herzog. Der war begeistert, schickte aber umgehend eine Liste mit fünfzig Korrekturvorschlägen, vor allem das Metrum betreffend. Die Liste ließ Schiller kommentarlos in seiner Schublade verschwinden.

Räuchermännchen

Von seiner Bronchialerkrankung angegriffen und dennoch süchtig nach Tabaksqualm, beschloss Schiller, vorübergehend nur passiv zu rauchen. Voß berichtete, er musste die Nacht über Pfeife im Zimmer des Kranken rauchen und sich so stellen, dass Schiller »wenigstens den Dampf davon kosten konnte«. Schiller hielt das für den »Vorgeschmack von seiner Gesundheit«.

FSK

Eine junge Frau ging an Schiller vorbei, der in seinem Garten saß. Wohin sie gehe, fragte Schiller und bekam zur Antwort: »Ins Theater, Herr Hofrat.« Was man heute gebe? »Wallensteins Lager.« – »Ach!«, sagte Schiller, »da bleiben Sie lieber hübsch zu Hause. Was sehen Sie denn daran, 's ist ja so nur tolles Zeug!«

Immer besser, immer heiterer

Wieder war Schiller krank. Schnupfen, Verstopfungen, Fieber, Anfälle von Ohnmacht. Doch wie in seinem ganzen bisherigen Leben kämpfte er gegen seine Schwächen an, versuchte sich aufzurappeln. Er teilte Körner mit: »Die bessere Jahreszeit lässt sich endlich auch bei uns fühlen und bringt wieder Mut und Stimmung.« Charlotte schrieb einen Brief voller Zuversicht an den Verleger Cotta, die heftigen Krämpfe in der Brust hätten nachgelassen, der Husten sei mäßig, Schiller habe »aufs neu Glauben an seine Gesundheit und guten Mut«.

Drei Tage später, am 9. Mai 1805, starb Schiller.

Glockenhell

Die Trauerfeier fand am 13. Mai nachmittags 3 Uhr in der Jakobskirche statt. Unter den Trauergästen die vier Kinder Schillers, die Söhne Karl und Ernst, die Töchter Caroline und Emilie, letztere noch nicht ganz ein Jahr alt. Mozarts Requiem erklang, eine Trauerrede wurde gehalten. Und in die Totenfeier hinein erklang das helle Lachen der jüngsten Tochter.

Stumme Ehre

Die Kirche war überfüllt mit Trauergästen, noch draußen vor der Tür standen die, die keinen Platz gefunden hatten. Die Weimarer Schauspieler trauerten auf ihre Art: Sie weigerten sich, abends aufzutreten. Die Theateraufführung fiel aus.

Auf Wolken

Nach Schillers Tod bemühte sich Voß, Schillers Familie die Trauer zu erleichtern. Man fuhr zu Griesbachs nach Jena. Auf dem Heimweg spielte er mit den Kindern »Wolkenentziffern«. Ernst sah in den Wolken eine Schüssel mit Krebsen, Caroline eine Stadt mit Häusern und Türmen. Die Mutter fragte, wer darin wohne. »Der liebe Gott«, erwiderte das Kind, »aber der Papa wohnt auch darin.«

Verkaufsschlager

Ein Jahr, bevor Schiller starb, sah er optimistisch baldige Schuldenfreiheit voraus. Bei seinem Tod jedoch war das Weimarer Haus noch nicht abbezahlt, die Familie in Geldnöten. Verleger Cotta eilte, die erste Schiller-Gesamtausgabe drucken zu lassen. Davon lebten er und Familie Schiller dann sehr gut.

Ein Mensch, wie stolz …

Goethe trauerte, er habe durch den Tod Schillers »die Hälfte seines Daseins verloren«. Und hört man neben der Trauer nicht auch etwas Neid, wenn Goethe bilanziert: »Das war ein rechter Mensch, und so sollte man auch sein.«

Nicht bedacht

Wurde Schiller Opfer eines Attentats? Hat ihn Goethe aus künstlerischer Eifersucht ermordet? Die Weimarer Gerüchteküche brodelte. Schiller wurde vom Hofmedikus Wilhelm Ernst Huschke obduziert. Der teilte Herzog Karl August das Ergebnis mit: faulige, brandige Lunge, ein Flügel mit dem Herzen verwachsen, das Herz ein leerer Beutel voller Runzeln ohne Muskelsubstanz, auch die anderen Organe zerstört. Nur »Urinblase und Magen waren allein natürlich«. Alle waren erstaunt, dass ein so kranker Mensch in den letzten Jahren noch so viele und große

Werke schaffen konnte. Weil das wichtigste gesunde Organ auf der Liste vergessen wurde: Schillers Hirn.

Graböffnung

Schiller hatte angewiesen, dass Handwerker ihn zu Grabe tragen sollten, aber Carl Leberecht Schwabe, Sohn des Weimarer Bürgermeisters und Kommissionssekretär bei der Regierungskanzlei, befand, diese letzte irdische Ehre für den Dichter müsste Männern vorbehalten bleiben, die Schillers Genius zu würdigen wüssten. Rund zwanzig schwarzgekleidete Männer trugen den Sarg durch die Nacht und versenkten ihn in eine Massengruft.

Jahre später suchte man Gebeine und Schädel, um sie ehrenvoller zu begraben, konnte sich aber nicht zwischen zwei Schädeln entscheiden. Als 2007 unter den Augen der MDR-Fernsehzuschauer eine DNA-Analyse durchgeführt wurde, stellte man entsetzt fest, dass die sterblichen Überreste von drei verschiedenen Toten stammten und nicht ein Knochensplitter Friedrich Schiller persönlich zuzuordnen war.

Heute steht in der Weimarer Fürstengruft ein leerer Sarg.

Zu guter Letzt

In seinem letzten Brief an Wilhelm von Humboldt schrieb Schiller einen Satz voller Stolz, Trotz und Zweifel, fast eine Essenz seines Denkens und Tuns, weit über alles Anekdotische hinaus: »Und am Ende sind wir ja beide Idealisten und würden uns schämen, uns nachsagen zu lassen, dass die Dinge uns formten und nicht wir die Dinge.«

Das Leben in unvollständigen Fakten

1759 Am 10. November Johann Christoph Friedrich Schiller in Marbach geboren

1764-66 Umzug nach Lorch, dort Unterricht bei Pfarrer Moser

1766-67 Umzug nach Ludwigsburg. Besuch der Lateinschule

1772 Konfirmation. Zwei Trauerspiel-Entwürfe – beide nicht erhalten

1773 Auf Befehl des Herzogs Carl Eugen in der Militär-Pflanzschule (der späteren Karlsschule). Freundschaft mit Friedrich Scharffenstein und Friedrich von Hoven

1774 Jura-Studium. Mit elterlicher Unterschrift ist Schiller dem Herzog lebenslang »übereignet«. Liest Goethes »Werther«

1776 Wechsel ins Medizinstudium. Bei Abel Unterricht in Philosophie, Psychologie, Ästhetik und Geschichte. Bruch mit Scharffenstein. Schiller liest Shakespeare. Erste Publikation – Gedicht »Der Abend« – im »Schwäbischen Magazin«

1779 Erste Dissertation, abgelehnt. Schiller liest Wieland, Rousseau, Lessing und Herder. Er schreibt heimlich an »Die Räuber«

1780 Endfertigung der »Räuber«. Zweite Dissertation, abgelehnt. Die dritte wird angenommen. Schlussexamen. Regimentsarzt in Stuttgart

1781 Zur Miete bei Luise Vischer. »Laura«-Gedichte. »Die Räuber« erscheinen anonym. Freundschaft mit Andreas Streicher. Lernt Henriette von Wolzogen kennen. Begegnung mit Schubart auf der Festung Hohenasperg

1782 Uraufführung der »Räuber« in Mannheim. Gesammelte Gedichte in »Anthologie auf das Jahr 1782«. Wegen unerlaubter Entfernung von Carl Eugen mit Arrest und Schreibverbot belegt. Heimliche Arbeit an »Die Verschwörung des Fiesco zu Genua«. Flucht aus Württemberg. Inkognito in Bauerbach. Freundschaft mit Wilhelm Reinwald. Verliebt in Charlotte von Wolzogen

1783 Arbeit an »Luise Millerin« und »Don Carlos«. Uraufführung des »Fiesco« in Bonn. Anstellung als Theaterdichter in Mannheim. Schwere Malaria

1784 Erfolgreiche Uraufführung »Kabale und Liebe« in Mannheim. Schiller verliert aber Stelle als Theaterdichter. Erhält Titel Weimarischer Rat. Verliebt in Charlotte von Kalb

1785 Erstes Heft der »Thalia«. Verliebt in Margaretha Schwan. Schiller ist hoch verschuldet. Reise nach Leipzig. Findet in Ludwig Ferdinand Huber und Christian Gottfried Körner sowie den Schwestern Stock Freunde und Mäzene. Umzug nach Dresden

1786 Neues »Thalia«-Heft mit »Ode an die Freude« und Erzählung »Verbrecher aus Infamie«. Arbeit am Roman »Der Geisterseher« und an »Geschichte des Abfalls der Niederlande«

1787 Verliebt in Henriette von Arnim. Uraufführung »Don Carlos« in Hamburg. Reise nach Weimar, dort Begegnung mit Wieland, Herder und Anna Amalia. »Der Geisterseher« als Fortsetzungsroman, unvollendet. Erste Begegnung mit Charlotte von Lengefeld und Schwester Caroline in Rudolstadt

1788 Aufenthalt in Volkstedt und Rudolstadt. Enger Kontakt mit den Lengefeld-Schwestern. Begegnung mit Goethe, der ihn für eine Professorenstelle an der Universität Jena empfiehlt

1789 Professor in Jena. Freundschaft mit Wilhelm von Humboldt. Verlobung mit Charlotte von Lengefeld

1790 Geschichts-Vorlesungen in Jena. Hochzeit mit Charlotte von Lengefeld. Bekanntschaft mit Novalis und Jens Baggesen. Arbeit an »Die Geschichte des Dreißigjährigen Krieges«

1791 Schwere Erkrankung und Rückfälle. Totgesagt. Liest Kant. Großzügiges Stipendium aus Dänemark

1792 Wieder krank. Französische Ehrenbürgerschaft. Bekanntschaft mit Friedrich Schlegel

1793 Reise nach Schwaben, dort Geburt des ersten Sohnes. Arbeit an philosophisch-ästhetischen Texten. Begegnung mit Hölderlin

1794 Freundschaft mit Verleger Cotta. Beendet Jenaer Professur. Beginn der Freundschaft mit Goethe

1795 Erste Hefte »Die Horen« und »Musenalmanach«. Umzug ins Griesbachsche Haus in Jena

1796 Theaterarbeit in Weimar. Geburt des zweiten Sohnes. »Xenien« mit Goethe. Arbeit an »Wallenstein«

1797 Balladenjahr. Umarbeitung des »Wallenstein« in Jamben

1798 Weitere Balladen. Uraufführung »Wallensteins Lager«, Regie: Goethe und Schiller

1799 Uraufführung »Die Piccolomini« und »Wallensteins Tod«. Geburt der ersten Tochter. Umzug nach Weimar. »Das Lied von der Glocke«

1800 Schwere Erkrankung. Uraufführung von Schillers »Macbeth«-Bearbeitung und von »Maria Stuart« in Weimar

1801 Reise nach Dresden und Leipzig, letzte Begegnung mit Körner. Uraufführung »Die Jungfrau von Orleans« in Leipzig. Theaterarbeit in Weimar

1802 Bearbeitung und Aufführung von Gozzi-Stücken. Kaiserliche Erhebung Schillers in den erblichen Adelsstand

1803 Uraufführung »Die Braut von Messina« in Weimar. Stückbearbeitungen. Bekanntschaft mit Madame de Staël

1804 Uraufführung »Wilhelm Tell« in Weimar. Reise nach Berlin mit Audienz beim preußischen Königspaar. Gut dotiertes Berliner Angebot abgelehnt zugunsten Weimars. Schwere Erkrankung. Geburt der zweiten Tochter. Arbeit an »Demetrius«, unvollendet

1805 Am 9. Mai in Weimar gestorben

Quellen

Aufenanger, Jörg: Friedrich Schiller. Biographie. Artemis & Winkler Verlag, Düsseldorf und Zürich 2004

Aufenanger, Jörg: Schiller und die zwei Schwestern. Deutscher Taschenbuch Verlag, München 2005

Baur, Eva Gesine: »Mein Geschöpf musst du sein«. Das Leben der Charlotte Schiller. Hoffmann und Campe Verlag, Hamburg 2004

Biskupek, Matthias: Der Liebesbriefbote. Manuskript, Rudolstadt 2004

Böhmer, Otto A.: Lexikon der Dichter. Carl Hanser Verlag, München und Wien 2004

Buscha, Annerose und Joachim: Wortspielereien. VEB Bibliographisches Institut, Leipzig 1986

Damm, Sigrid: Das Leben des Friedrich Schiller. Insel Verlag, Frankfurt am Main und Leipzig 2004

Ebersbach, Volker und Andreas Siekmann: Anekdoten über Goethe und Schiller. Weimarer Taschenbuchverlag, 2005

Engelmann, Christiana / Kaiser, Claudia: Möglichst Schiller. Deutscher Taschenbuch Verlag, München 2004

Friedrich, Ina und Dr. Schank, Stefan (Hrsg): Die besten Anekdoten. Lechner Eurobooks, LESA Printing & Produktion SA Geneva 1997

König, Karla: Das Spiel des Lebens. Petermänken-Verlag, Schwerin 1959

Kraus, Wolfgang (Hrsg): Unsterbliche Hoffnung. Diogenes Verlag, Zürich 1988

Kühnlenz, Fritz: Schiller in Thüringen. Greifenverlag, Rudolstadt 1973/1984

Lehmann, Johannes: Unser armer Schiller. Rowohlt Taschenbuchverlag, Reinbek 2005

Mai, Manfred: Schiller für Zeitgenossen. Carl Hanser Verlag, München Wien 2004

Mai, Manfred: Was macht den Mensch zum Menschen? Carl Hanser Verlag, München Wien 2004

Matten-Gohdes, Dagmar: Schiller ist gut. Beltz Verlag, Weinheim und Basel 2002

Naumann, Ursula: Schiller, Lotte und Line. Insel Verlag, Frankfurt am Main und Leipzig 2004

Neubauer, Martin (Hrsg.): Ich stürze aus meinen idealistischen Welten. Philipp Reclam jun., Stuttgart 2004

Oellers, Norbert: Schiller. Elend der Geschichte, Glanz der Kunst. Philipp Reclam jun., Stuttgart 2005

Theml, Christine (Hrsg.): Auch meine Liebe ist still ... Jenzig-Verlag, Jena 1997

Wieke, Thomas: Willst du staunen, Flegel? Eulenspiegel Verlag, Berlin 1999

Wölfel, Kurt: Friedrich Schiller. Deutscher Taschenbuch Verlag, München 2004

Anmerkung

Alle Zitate wurden mit größter Sorgfalt wiedergegeben. Da sie aus unterschiedlichen Quellen stammen, sind die meisten merklich der neuen Rechtschreibung angepasst, andere behutsam modernisiert, einige aber auch in Originalschreibweise erhalten.

ISBN 978-3-359-01323-5

Umschlaggestaltung von Matthias Gubig, unter Verwendung eines Porträts von Friedrich Schiller
Druck und Bindung: CPI Moravia Books GmbH

Ein Verlagsverzeichnis schicken wir Ihnen gern:
Eulenspiegel · Das Neue Berlin Verlagsgesellschaft mbH & Co. KG
Neue Grünstr. 18, 10179 Berlin
Tel. 01805/30 99 99
(0,14 Euro/min. aus dem deutschen Festnetz, abweichende Preise für Mobilfunkteilnehmer)

Die Bücher des Eulenspiegel Verlags
erscheinen in der Eulenspiegel Verlagsgruppe.

www.eulenspiegel-verlag.de